AF272777

STEPHEN HARWAY

A szicíliai lány és a három apa igaz története

novum ⬥ pro

Ez a könyv
e-könyvként
is elérhető

www.novumpublishing.hu

© 2023 novum publishing

Minden jog fenntartva,
beleértve a mű film,
rádió és televízió, fotómechanikai
kiadását, hanghordozón és elektronikus
adathordozón való forgalmazását,
valamint kivonat megjelentetését, illetve
az utánnyomását is.

Nyomtatva az Európai Unióban
környezetbarát, klór- és savmentes,
fehérített papírra.

ISBN 978-3-99146-045-9
Lektor: Sósné Karácsonyi Mária
Borítókép: Stephen Harway
Borító, tördelés & nyomda:
novum publishing

www.novumpublishing.hu

Print product with financial
climate contribution
ClimatePartner.com/16547-2311-1001

Tartalomjegyzék

A boldogság ára 7

A gyermekkor és a második apa 12

Találkozás a parton 16

Az új élet kezdete Nápolyban 18

1. fejezet A nápolyi hónapok 23

2. fejezet A salernói szenvedés 31

3. fejezet A zuhanás 35

4. fejezet Az ember a saját nyomorában 40

5. fejezet Külön utakon 1.
Valerio útja 45

6. fejezet Külön utakon 2.
Blanka útja 50

7. fejezet Róma 55

Az utolsó csepp 61

A boldogság ára

Egy kopott farmer és egy műszálas, kibolyhosodott szürke pulcsi volt rajta. Adele lassan bandukolt haza a munkából. Még csak két hónapja dolgozott. A tizenhét évével már szégyen nyomta a vállát, amit fel kellett fednie. Három napja tudta meg, és azóta sem honolt öröm az arcán, csak félelem és a szégyen érzése. Pedig repkednie kellene az örömtől: *terhes.* Mendegélt lassan haza, mintha talán így sohasem érné el a házukat. Pedig lassan el kellett otthon is mondania a szüleinek... és Marknak is. A szüleinek félt elmondani. Persze, hisz' most fejezte be az iskoláit, alig kezdett el dolgozni. Nincs semmije, a szülei háza kicsi, így sincs hely. Félt; nekik félt elmondani, de már muszáj volt. Most tudta meg, hogy három és fél hónapos terhes. Nem is értette, hiszen vigyáztak Markkal, mégis megtörtént a baj. Vagyis, nem baj. Markot szereti, és Mark is őt. Ő biztosan örülni fog!

Markék is szegények, nekik sincs helyük még két emberre – szőtte magában a gondolatait. *De nem baj, majd keresünk egy kicsi albérletet, Marknak jó szakmája van. Megélünk majd belőle!* – ujjongott magában Adele, és próbált egy kicsit bátrabb lenni.

Most már elmondom! Ma elmondom a vacsoránál – morfondírozott magában, míg a gesztenyefasor alatt lassan közeledett a házukhoz.

Szép kis utcában laktak. Végig gesztenyefákkal, szép házikókkal. Na, nem nagyokkal, de rendben tartott, tisztes portákkal. A kiskapuhoz érve Szamóca futott elébe. Szamóca egy boldog, mindig örvendező beagle volt, muris ábrázattal.

Hát, te legalább megértesz – gondolta magában, míg lehajolt, hogy megsimogassa, és hagyja, hogy Szamóca a szokásos módján megnyalogassa, így fejezve ki örömét és szeretetét. Az

7

ajtóhoz érve lassan nyomta le a kilincset. Nyitotta az ajtót, s belépett. Az ajtó a konyhába nyílt, és megkönnyebbülve vette tudomásul, hogy szülei nincsenek bent. A konyha – ahogy a ház is – egyszerűen, régi bútorokkal volt berendezve. Nem voltak gazdagok. Adelének volt a családban egyedül szakmája. Ez nagyon nagy szó volt.

– Adele! – hallotta az udvarról anyukája hívását. Nyitotta újra az ajtót, és kilépett az udvarra. Meglátva anyukáját, köszöntötte:

– Szia, anyu! Mit segíthetek? – kérdezte.

– Szia, csillagom! Segíts már felhozni a pincéből krumplit, már nincs a spájzban! – válaszolta Sabine, Adele anyukája.

– Rendben, viszek fel – szólt vissza, és közben elgondolkozott, *Talán jobb lenne először anyunak elmondanom, ő még meg tudná puhítani aput, ha nem örülne* – szőtte a gondolatait.

A tehergépkocsi platójáról az utolsó kupac sódert dobálta le Frederico és Joachim. Frederico jó hatvanas, erős testalkatú ember volt; a sofőr. Mindig morózus hangulatú, mintha az öröm fájdalom lenne számára. Pedig jómódú ember volt a családjával. A másik férfi egy vékony, inas ember, Joachim, a rakodómunkás, Adele apukája. Elég hányatott életű ember, aki mindig háromszor annyit dolgozott feleannyiért, mint mások.

– Mára ennyi! – szólt Frederico, mikor a platót is lesöpörték. – Holnap fél ötre légy a raktárnál, most menj haza és pihenj! – köszönt el Frederico Joachimtól.

– Viszlát! – szólt vissza Joachim, és elindult gyalog haza. Nem messze lakott, talán, ha két kilométerre – ha kilép, negyedóra sincs. Hát kilépett, mert már nagyon éhes volt.

Közben otthon Sabine és Adele a konyhában dolgoztak: pastát készítettek egy kis raguval. Lassan elérkezettnek látta az időt Adele, hogy elmondja anyukájának, babát vár. Vett néhány mély levegőt, egy kis bátorságot gyűjtött, és hirtelen egy „terhes vagyok" kijelentéssel kiadta magából. Furcsa volt, mert hirtelen merev csen lett. Azután Sabine, mikor végre magához tért, csak annyit kérdezett:

– Mennyi idős terhes vagy?

– Három és fél hónap – mondta halkan Adele. Tudta, ez a baba meg fog születni.

Sabine – érett, tapasztalt asszony, nő – megint csendben volt. *Itt nincs lehetőség. Itt van egy helyzet. Meg kell esküdniük* – gondolkozott. *Azután keresnek egy albérletet. Marknak jó szakmája van, el tudja tartani őket. Másfél év múlva Adele is mehet vissza dolgozni, hisz' van bölcsi. Így hamarabb lesz saját házuk, mert Marknak össze kell kapnia magát. Na meg aztán, előbb-utóbb úgyis lenne gyerek* – gondolta tovább a helyzetet Sabina. A női helyzetfelismerés és logika páratlan, tudta ezt Sabina is. Jól ismerte a férjét: Joachim kicsit merev, de észérvekkel meg fogja győzni. Viszont majd csak vasárnap délután mondják el neki. Hadd pihenje ki magát délelőtt, jó ebédet főz neki, nyugodtabb lesz, mint este, éhesen és fáradtan, ilyenkor, munka után. Egy anya megtesz minden tőle telhetőt a gyermekéért. Sabinának nem kellett ezt tanítani: ő is így ment feleségül Joachimhoz. Pont így.

– Össze kell házasodnotok minél hamarabb, nehogy nagy hassal, szégyenben menj férjhez! – riadt meg Sabine, s szólt Adeléhez. – Mark tudja már? – kérdezte a lányát.

– Nem, neki holnap, munka után mondom el – válaszolta.

– Jól van. Apádnak vasárnap délután mondjuk el, mintha akkor tudtam volna meg én is, korábban, az ebédfőzésnél! – mondta határozott nyomatékkal Sabine.

Közben eljött a másnap. Mintha a nap is ragyogóbban sütött volna. Adele boldog volt, mert sokkal rosszabbra számított anyukájától. Azt sejtette, hogy édesapja talán mérges lesz picit először, de tudta, hogy nagyon szereti őt.

Egyetlen gyerek, mindig sok szeretetet kapott otthon.

Talán szép lesz a vasárnap, és boldog volt, mert egy apró kis léleknek már dobogott a szíve a hasában. Egy kis csoda, egy apró boldogság a szerelmétől. Lassan öt óra. Mark nemsokára jön ki az üzem kapuján.

Kicsit távolabb várta; az útmenti ösvény mögé be tudtak menni, hogy elmondhassa az örömhírt.

Hisz' nem csak anya, feleség is lesz!

Közben elkezdtek kilépni az üzemből a dolgozók.

Adele pulzusa az egekben: izgult, örült és félt egyszerre.

Nézte, nézte a kiáramló embereket, és akkor megpillantotta Markot.

Tudta, hogy arra jön, ahol várta.

Mark félhosszú haja, karakteres, intelligens arca és az egyenes, sportos alkata messziről észrevehető volt a többiek között. A férfinak tovább kellett volna tanulnia, minden adottsága meg volt hozzá.

– Szia, kedvesem! – szólt Adele Markhoz, mikor a férfi odaért a lányhoz, enyhén neheztelő pillantással.

– Szia! – jött a válasz. – Miért jöttél elém?! Tudod, hogy nem szeretem! – szólt rosszallóan.

– Valami fontosat kell mondanom – hadarta izgatottan a lány.

– Mit? – kérdezte félve Márk.

– Gyere a sövény mögé, ne itt! – kérte Adele.

Ekkor mindketten a sövény mögé mentek.

– Erre mi szükség van? – kérdezte határozottan Márk.

Adele nem akarta, hogy sokáig feszült legyen a hangulata kedvesének. – Babánk lesz! – mondta sugárzó arccal, halkan.

– Viccelsz? – kérdezte megdöbbenve a fiú, s az arca hirtelen megkeményedett.

– Nem, nem viccelek. Babánk lesz, és három és fél hónapos már – mondta a lány, de érezte a bajt.

Közelebb akart lépni ekkor kedveséhez, hogy hozzábújjon, mert az ő megértése és biztonsága az egész élete, jövője, gyermeküké, de Mark egy határozott mozdulattal ellökte magától Adelét, és szinte szürke arccal az indulattól annyit mondott:

– Soha többé nem akarlak látni! – és egy határozott hátraarccal a fiú elviharzott.

Ettől a pillanattól kezdve Adele élete végérvényesen megpecsételődött. Az, amit nőként és anyaként, feleségként a világ csodájaként élhetett volna meg, most már, egyedül maradva, számára örökre fájdalom, teher és kereszt lesz az egész életében.

Öt hónap múlva, karácsony napján az Úrnak, lelkileg meghasadva, egyedül a világra hozta leánygyermekét egészségben, s a Blanka nevet adta neki.

Mark volt a szicíliai lány első apukája a háromból.
Mark cserbenhagyta születendő gyermekét, megpecsételve annak, s volt kedvesének életét is.

De azt kell, hogy mondjam, nem Mark volt a legrosszabb a három apa közül. Ha az apákat a halál három fázisához – a „kegyes", a „kegyetlen" és a „megalázó" halálhoz – hasonlítom, akkor Mark csak a „kegyes halál" volt.

A gyermekkor és a második apa

A tengerpart csendes volt, a szezon véget ért. Adele leugrott a partra egy kicsit magába mélyedni, egy kicsit befelé sírni. Az aranyló novemberi part nem volt messze a házuktól; Noto talán ha tíz kilométerre volt a tengerparttól, a hegyekben.

A gyerekek suliban; Blanka, ha minden jól megy, már jövőre végez, szép szakmája lesz: céges ügyintéző. A két féltestvére, Gianni és Claudio az ötödik és a hetedik osztályba jártak általános iskolába.

Lehajtott fejjel, magába mélyedve, lassan sétált a tengerparti homokon Adele. Nem sok öröme volt a házasságában. A férje, Francesco, érzéketlen, szenvtelen, erőszakos ember volt. *Akkor* azt hitte, hogy egy kislánnyal, egyedül kettétört az élete. Nem lesz többé semmi lehetősége már. Boldog volt, amikor megismerte Francescót, és az feleségül akarta venni. Nem tudta még akkor, hogy egy gyerek teher, de egy kegyetlen házasság három gyerekkel maga a pokol.

Már nincs menekülés – ha lenne is hová, nem tudná a gyerekeket felnevelni, hisz' nincs szakmája a korai anyává válása miatt. Meg aztán a férje megkeserítené az életét, ahol tudná.

Ez van, kész – gondolta beletörődve és – fáradva a helyzetébe, majd lassan elindult a partról a parkoló felé.

A piros Fiat Regattájához érve beszállt, bekötötte az övét, majd elindult haza. Vezetés közben aszalt fügét rágcsált, ami a mellette lévő ülésen, egy fonott kosárban volt.

Otthon ritkán volt kedve enni a szorongástól és a félelemtől.

Francesco szigorú és bántalmazó volt, verbálisan és fizikailag is.

Blankát bántotta a legtöbbet; nem szerette a mostohalányát.

12

Bár Blanka kiskorától mindig próbált görcsösen megfelelni a mostohaapjának, de mintha csak olaj lett volna a tűzre.

Francesco csak Blankát és az anyját, Adelét bántalmazta, alázta és szidta, a két fiával elégedett és elnéző volt, őket szerette. Francescónak jó szakmája volt, vízvezetékszerelőként rengeteg munkája volt. Sok pénzt keresett, de semmit sem adott haza: a fizetnivalókat és a vásárlást is maga intézte, ő döntötte el, kinek mikor mire lehet szüksége – el is döntötte mindig. Sok háznál volt bejárása az otthon unatkozó szépasszonyokhoz. Könnyen kapott meg mindent: pénzt, kalandokat. Vonzóbbnál vonzóbb nők tették a szépet neki: kiéhezett asszonyok, csábító alkalmak, könnyen jött ámulat.

Otthon a meggyötört, nélkülöző házicseléd, a felesége, Adele számára minden volt, csak nem csábító, becsülendő, szerethető.

Bár amíg ő szerelte a csöveket az otthonokban, vigyázva, nehogy nagyon túlhajszolja magát mások karjaiban, addig minden feladat a gyerekekkel, a háztartással, a konyhával, a kerttel Adele nyakába szakadt.

Mindennap főzött Adele, de a gyerekek miatt: Francesco sosem jött haza éhesen, mindig kapott enni, ahol dolgozott.

Meg inni is. Meg mindent.

Blanka, lassan végezve az iskoláival, másra sem vágyott jobban, minthogy elkerüljön hazulról.

Pici korától kezdve bántotta, megalázta és verte a mostohaapja.

Félt tőle, rettegett.

Bármit tett, sosem volt jó.

Bárhogy igyekezett elvégezni a feladatot, mindig rosszul csinálta, sosem felelt meg a mostohaapjának.

Pedig végtelenül akart, nagyon.

Már nem is egyetlen dicséretért, csak azért, hogy egyszer ne bántsa.

Ne gúnyolja ki újra mindenki előtt, ne nevessen Francesco rajta az öccseivel.

Anyukája ilyenkor mindig dolgozott épp valamit lehajtott fejjel, mint aki nem hallja, hogy megint céltábla a lánya.

Hároméves korában lett a mostohaapja Francesco.

Valahogy mintha nem lett volna elég az elmúlt tizennégy év kegyetlen vesszőfutása, fiatal nőként még rosszabb lett minden.

Blanka a sok kegyetlenség hatása alatt bizonytalan, pánikoló, megkeseredtt és bizalmatlan nővé cseperedett.

Nem volt sosem hízelkedő, nevető, mosolygós és felszabadult lány.

Nem lehetett, mert olyanná vált, amilyenné Francesco tette.

Ha egy kiskutyát évekig mindennap bántanak, utána hátralévő életében az is mindig bizalmatlan lesz és félni fog.

Mivel Francesco megszokta a magabiztos, csábos szépasszonyok társaságát, így mindig ezzel szembesítette Blankát.

Gúnyolta mindennap a száraz viselkedése, az unalmas lénye, a nőietlen külseje miatt.

A mostohalánya nem volt csúnya – szép teremtés volt, de árnyékban az ibolya is szürke, míg a napfényben a víz is csillog.

Francesco minden volt a mostohalányának, csak nem napfény.

Blanka az iskolában is magányos volt. Nem voltak barátai.

Osztálytársai voltak, és ismerősei.

Zárkózott, bizalmatlan volt.

Nem tudta eldönteni, hogy egy nevetés mögött öröm vagy gúny van. Látta az iskolában évek óta, hogy a gyerekek is milyen kegyetlenek.

A kortársai jó része már jár valakivel, vagy csak volt szerelmes.

Őt valahogy nem érdekelték a fiúk sem.

Valahogy semmi sem érdekelte.

Vagyis mégis: hogy elköltözhessen messzire, más városba. Igazából talán messze innen, még Szicíliából is el. Róma! Igen, Rómában jól érezné magát, talán még boldog is lehetne.

A fővárosban olyan varázslatos az élet, sok lehetőség van.

Blanka lelke bár megnyomorodott az elmúlt tizenhét év alatt, de mintha a szíve eldugott zugában még lett volna valami élet.

Nem akart az édesanyja sorsára jutni, részben ezért is félt a fiúktól.

Nem akart felnőttként egész életében kiszolgáltatott lenni, nem akar más tulajdona lenni, és mindig félelemben élni.

Nem volt hite. Hogyan is lehetett volna?

Az igazi édesapja még meg sem ismerte őt, és már nem szerette és nem is akarta szeretni; a nevelőapja ismerve sem szerette, szereti, és nem is akarja szeretni.

Édesanyjáról sosem tudta, hogy szereti-e, mert mindig szenvedő, melankolikus hangulat uralkodott rajta.

Nem is emlékezett, hogy látta-e valaha nevetni.

Róma. Mindent látni akart, végigfutni fel-le és fel-le a Spanyol-lépcsőn, boldogan, a Trevi-kútnál háttal állva a feje fölött egy érmét a vízbe dobni, és nagyon vonzza még az Angyalvár: a története mindig tetszett neki, oda majd sokszor elmegy.

El kellett minden gyökeret vágnia, hogy elmenekülhessen. Érezte, hogy édesanyja szíve is ezt súgja.

Ezért nem akart egy fiúval sem ismerkedni, mert tudta, hogy akkor a szíve béklyóként fogva tartja.

Az öccsei igazán nem fognak foglalkozni azzal, ha elmegy, legfeljebb a mostohaapjával mindennap gúnyolódnak rajta, hogy biztosan éhen hal valahol.

De nem fog. Tudta, hogy nem lesz egyszerű, de ha itt marad, akkor lesz a legnehezebb

Az igazi apukájával sohasem találkozott, a mostohaapjával pedig már soha többé nem akart.

Még fél évet kellett kibírnia, tanulni, mellette dolgozni, levizsgázni, és utána felülni a Rómába tartó vonatra.

Ezer kilométer... ez megnyugtató.

Ha utánamennének – ami kizárt, mert annyit otthon nem ért –, akkor sem találnák meg.

Mert Róma nem Noto, hogy megkérdezzék az egyetlen kávézóban, vagy az egyetlen postást, hogy Carozza Blanka hol lakik vagy dolgozik.

Róma az örök város, a boldogság és az öröm, a szépség fővárosa.

Találkozás a parton

A hónapok lassan fordultak át a falinaptáron, s közben Blanka megismerkedett otthon, Notóban egy nápolyi fiúval. Valerio a nagyszüleinél töltötte a nyarat, sokat járt le a tengerpartra, ahol néha Blanka is sétált.

Az első találkozásukkor Valerio kagylókat gyűjtött a parton. Lido di Noto nem igazán volt tele nagy kagylókkal. A végtelen homokfövenyen apró kagylók milliói voltak, olyan körömnagyságúak.

Blanka már messziről figyelte Valeriót: szimpatikus volt neki a fiú természetszeretete.

Meg aztán jóképű fiatalember volt.

Hirtelen kipirult Blanka arca, a légzése is szaporább lett. A februári, kellemes időhöz képest hirtelen melege lett. Még ilyet nem érzett soha.

De jó lenne egy kicsit, csak úgy, beszélgetni vele! – gondolta magában, s közben bizonytalan léptekkel, lassan, lehajtott fejjel, mintha a homokban nézne valamit, haladt a fiú irányába.

Még sosem látta itt a fiatalembert.

Lassan odaért Valerio közelébe, és bizonytalanul, félve köszönt a fiúnak:

– Ciao! – mondta ki kedves hangsúllyal.

– Ciao! – köszönt vissza felpillantva Valerio.

– Kagylókat gyűjtesz? – kérdezte a lány a nyilvánvalót.

– Igen. Ritkán vagyok Szicíliában, és szerettem volna szépeket keresni. De itt csak aprók vannak – mondta. – Valerio vagyok, Nápolyból – mutatkozott be.

– Én Blanka, itt, Notóban lakom.

Egy kis, pillanatnyi zavart csend után folytatta Blanka:

– Ha szeretnél különleges, nagy kagylókat gyűjteni, akkor el kell menned Pozzallo partjáig, innen úgy hatvan kilométerre van, nyugatra. A legszebbeket oda sodorja ki a tenger – újságolta őszinte örömmel Blanka.

A két fiatal még órákig sétált és beszélgetett tovább a parton, megbabonázottan hallgatva a tenger morajlását, a hullámok csobbanását a homokon, és egymás hangját.

Az új élet kezdete Nápolyban

A suhanó táj a vonat ablakából álomszerű volt. Még most sem hitte el, hogy megtette.

Annyira izgult és félt, hogy remegett belülről. Izgult, mert Nápolyban Valerio várta. A februári megismerkedésükből egy igazi szerelem lett. Valerio két hétig volt Notóban, ezalatt a két fiatal teljesen egymásba szeretetett.

Valerio abbahagyta a kagyló gyűjtését, inkább csókot és ölelést gyűjtött Blankától. Kiderült hamar, hogy azonos gondolkodásúak és mindketten új életre vágynak.

Közben a vonat elérte Taorminát.

Innen már nem volt messze Messina, s ha átkompoznak a szoroson, utána már táncolni fog örömében.

Itt, még Szicíliában, félt, bár nem volt oka rá. Reggel korán nem a munkahelyére ment, hanem a vasútállomásra.

Felszállt a Messinába tartó vonatra. Dél körül már Concessában lesz, a szárazföldi kontinensen. Mire beér a vonata késő délután Nápolyba, akkortájt kellene Notóban hazaérnie a munkából.

Otthon senki sem tudja, hogy elszökött. Sabine, az anyja sem tudja. Bár majd' megszakadt a szíve, mert nem tudott elköszönni az anyjától, nem volt más választása.

Tudta, hogy elmondta volna a mostohaapjának, az pedig keresztbe tett volna neki, nehogy boldog lehessen.

Pedig Francescónak csak nyűg volt a nyakán Blanka, de inkább továbbra is örömmel nézte volna a lány szenvedését, mintsem azt kelljen tudnia, hogy nélküle bárki is boldog lehet.

Bezzeg az öccsei örülni fognak; mindig piszkálták, hogy egyedül van a pici szobában, ahol épp elfért a heverője meg a kétajtós szekrény.

Most lesz külön szobájuk.

Ők jobban fognak örülni, mint bánkódni.

Mindeközben Blanka már a messinai komp hídjáról nézte a hajó oldalán fodrozódó hatalmas hullámokat, amit haladásában keltett.

Nézte a hullámokat, majd visszanézve a szeme Szicília partjain, hegyein megragadva ontotta néma, végtelen könnyeit.

Patakokban folyt a könnye végig az arcán, hogy az álláról a tengerbe hullva a sós cseppek a tenger vizével eggyé váljanak.

Majdnem fél éve, amióta Valeriót megismerte, erre a percre várt.

Azt hitte, hogy ujjongani fog, ám a szíve egyik fele boldog volt, a másik fele azonban nem.

Ugyan nem fordult volna vissza, mégis de nehéz volt.

Édesanyja miatt fáj a szíve.

Ha marad, kettőjük miatt fájna.

Most tolultak fel benne hirtelen az apró kis titkolt élmények, amik nyomán könnyek öntötték el arcát.

Azok az élmények, amelyek talán egy kézen megszámolhatók, édesanyjához kötötték még régebben, és titkosak voltak.

Mint amikor anyukája egy hétköznap, amikor ő tíz éves lehetett és betegen feküdt otthon, titokban egy kis, apró tortát sütött neki.

Nem mondhatta el az öccseinek sem; ez a kettőjük titka volt.

Ezek az apró titkai Blankának értékesebbek voltak, mint másnak az aranyórája.

Eközben a komp az „olasz csizma" orrához ért, kezdte a rakpart rámpáját lassan megközelíteni.

Míg az óriási zsilipkapu csörlői lassan engedték le a hajó kapuját, addig Blanka egy hosszú búcsúpillantást vetett a szoros túloldalán lévő szigetre, s megfordult és elindult az állomás irányába, hogy felszálljon a Nápolyba tartó vonatra.

Rengetegen szálltak le a kompról, mintha mindenki egyszerre akarná elhagyni Szicíliát, pedig ez csak a megszokott, hétköznapi forgalom volt.

Ám annak, aki sosem hagyta még el 100 kilométernél meszszebb a szülővárosát, annak minden új.

Blanka megtalálta a vonatját, bár itt nem volt nehéz, mert mindegyik Nápoly felé indult.

Felszállt egy üres fülkébe, és folytatta új élete útját.

Míg üldögélt a kocsiban az indulásra várva, eszébe jutott a levele. Szomorú lett. A hajlam amúgy is megvolt benne, hogy szomorú legyen.

Írt egy levelet. Búcsúlevelet. Édesanyjának. A szobájába, a takarója alá tette. Meg fogja találni úgyis.

Sokat fog szenvedni emiatt, mert Francesco mindig bántani fogja azért, hogy ő megszökött.

Francesco őrjöngeni fog, mert senki sem lehet boldog és szabad az engedélye nélkül.

Persze engedélyt soha nem adna.

Édesanyja megérti őt, csak ha ő vele szenvedne Francesco mellett, nem lenne egyedül.

Magára hagyta édesanyját.

Az öccsei a mostohaapja által formált utódok. A kicsi tükörképei Francescónak.

Édesanyja már sok mindent túlélt, erős és bírni fogja.

Majd ír neki minden hónapban, ahogy Valerióval is ezt tette az elmúlt hónapokban.

De Blanka nem volt buta: a levelek nem a címükre jöttek Valeriótól, mert ha a nevelőapja megtudta volna, véget ért volna a kapcsolatuk.

Volt egy cinkosa: a nagynénje, Gianina néni, anyukája húga.

Sokszor látogatta meg, hisz' nem tudta, mikor jönnek a levelek Valeriótól.

Olyan közel kerültek egymáshoz, hogy titokban a közös életüket tervezték. Már rég előkészítettek mindent, egymás lelki támaszai lettek.

Most Blanka fogja küldeni a leveleit az édesanyjának a nagynénjéhez.

Ez biztosan megnyugvás lesz neki, és öröm. Biztosan elérkezik még a nap, amikor látni fogják egymást az életben, mert így kell, hogy legyen.

Míg az úton a gondolataiba és az új tájak látványába mélyedt, a vonat lassan beérkezett Salernóba, ahonnan már nem volt messze Nápoly – talán negyven perc.

Ahogy közeledett Nápolyhoz, úgy hagyta el az aggódás és bűntudat Blankát, és úgy vette át a helyét egyre inkább az izgalom és öröm.

Szinte hihetetlen; ha akkor nem találkozik otthon véletlenül a tengerparton Valerióval, akkor az elmúlt fél év álma és a ma valósága meg sem történik.

Az ember élete mily' apró véletleneken múlik!

Valerio nagyszülei egy véletlen folytán költöztek Notóba egy éve Siracusából.

Minden apró változás egy újabb változást szül, ami egy vagy több életet örökre megváltoztat – jobb esetben jó és boldog, roszszabb esetben rossz vagy tragikus irányba.

Remegés futott át Blanka testén.

A Trenitalia szerelvénye már csak percekre volt a nápolyi központi pályaudvartól.

A remegéstől teljesen elgyengült, és szédült. Boldog volt, felszabadult, és tele reményekkel, hittel.

Soha senkitől nem kapta ezt meg eddig. Nem érezte az ízét a szabadságnak, az örömnek, a reménynek. Be fog pótolni mindent.

Minden percét élvezni fogja az életnek, a kapcsolatának.

Valerio már egy hónappal ezelőtt kivett egy kis garzont Nápoly külvárosában, Secondiglianóban. Ez Nápoly szegénynegyede volt, de itt talált olyan garzont Valerio, amit ki tudott fizetni. A fiú is menekült a családi nyomorból.

Nem a szegénységből, hanem a céltalan, léhűtő életmódból.

Valeriónak – ahogyan Blankanak – tervei, céljai és álmai voltak. Volt munkahelye egy helyi kikötői üzemben, s Blanka is keres munkát, akkor majd továbblépnek, s együtt szorgalmasan haladnak előre.

A fiú a peronon várta Blankát, a 14-es peronon. Érdekes, 14-én találkoztak a parton. *Fura* – gondolta.

Valerión egy farmer, vászoncipő és ing volt, utóbbi hanyagul felhajtott ujjal. Barna, hosszú hajjal, a sármos, markáns ifjú arccal átkozottul jól nézett ki. Volt nála valami még – meglepetésnek szánta.

Ekkor a mozdony orra lassan előregurult a szerelvénnyel, és az ütközőbaknál a vonat megállt.

Az utasok folyamatosan szálltak le és lepték el a peront, egyre nagyobb volt a tömeg.

Blanka nem akarta leszálláskor az elsők között elhagyni a vonatot: nem bírta a tömeget, és izgult.

Kellemes jelenség volt kedves, egyenes arcvonásaival, ahogy leszállt, s tiszta, fürkésző tekintetével pásztázta a peront, keresve kedvesét.

Lapos sarkú szandál, térdközépig érő, bézs színű nyári kartonszoknya és fehér, ujjatlan blúz volt rajta, nyakán egy szép türkizkék-fehér gyöngysor. Persze nem valódi, hanem üveggyöngyök.

Hófehér lábszára és karjai valótlanul hatottak egy szicíliai lánynál, de különleges szépség volt.

Ekkor hallotta meg távolabbról a dalt. Egy gitár kísérte, és a hangot ismerte. Majdnem elájult izgatott örömében.

A dal, mely neki szólt a peronon, a „Bella, Ciao" volt, melyet új életük dalául szántak. Talán Valerio tudta, miért ezt választotta – talán a szabadság együtt átélt érzése miatt.

Ekkor a köztük lévő közel húsz métert Blanka már futva indult megtenni, és ugyanekkor indult felé Valerio.

A találkozásuk lendületével a fiú felkapta Blankát, és szorosan magához ölelve csak pörgette maga körül, s közben mindketten boldogan nevetve sírtak.

1. fejezet

A nápolyi hónapok

Az utcáról beszűrődő kora reggeli zaj nem ébresztette fel Valeriót. Koránkelő volt, korán is kellett indulnia. A munkahelye messze volt a kis garzonjuktól.

Az utcáról beszűrődő zaj az élet zaja volt. A különböző járművek monoton vagy éles zaja, a munkába igyekvők és boltosok hangja, hangos köszöntése egymás felé, a boltjukba a reggeli árut bepakolók hangja. A reggeli nyüzsgés dallama.

Valerio már az ingét gombolta, amikor Blanka felébredt.

– Jó reggelt, szívem! – köszönt Blanka reményteli kedvességgel a hangjában.

– Szia! Ma később jövök, ne várj.

– Miért? Hol leszel? – érkeztek a már megszokott keserű kérdések.

– Nem mindegy?! Foglalkozz azzal, amit mondtam! Nem tudom mindkettőnket eltartani. Mentem, szia! – Az ajtót határozottan maga mögött becsukva távozott Valerio.

A nyolc közös hónapjuk egyre rosszabbá vált.

Az első három hónap nagyon szép volt. Rengeteget jártak szórakozni, társaságba, csavarogni. Blanka hamar megismerte Nápolyt. Szinte az első három hónapban jóformán alig voltak otthon. Valerio jókedvű, figyelmes, szórakoztató volt.

Az első hónapban már talált munkát Blanka egy teherhajózási vállalat irodájában.

Nem tartott sokáig sajnos, három hónap után elküldték leépítés miatt.

Nápoly nem az új élet lehetősége: nagyon nagy volt a munkanélküliség.

Blanka folyamatosan állásokat keresett, az álláskereső hivatalba mindennap bement.

Öt hónapja volt már telefonja, hogy elérhető legyen; akkor még a munkahelye miatt vették, most meg talán valaki keresni fogja állással kapcsolatban.

Furcsának érezte, hogy eddig nem volt telefonja, hisz' a mai világban már nélkülözhetetlen.

A harmadik hónap után Valerio kezdett megváltozni, egyre észrevehetőbben.

Már nem volt olyan figyelmes és kedves; hideggé és elutasítóvá vált – vagy utasítóvá.

Elkezdett kimaradozni, és egy idő után ez rendszeres lett. Talán az is közrejátszott, hogy közben megszűnt a munkahelye. Talán.

Blanka egy igazi aszkéta volt, nem igényelt semmit, nem evett, tűrt.

Tűrt körülményeket, helyzeteket.

Nem értette. Akart munkát találni, nagyon. Akart megfelelni Valeriónak, nagyon.

De nagyon úgy tűnt, a férfinak ő már nem felel meg.

Szalagok és présgépek zajában Valerio pakolta az alkatrészeket a nyomóprés alá. Egész nap a folyamatosan ugyanolyan mozdulatsorok nem csak rendkívül fárasztóak, de rendkívül unalmasak is voltak. Valerio mindent szeretett, csak az unalmas dolgokat nem.

Fémipari technikusként azonban ez a munka is több volt számára a semminél.

Néha, ha alkatrészgyártás-váltás volt, a gépbeállítás a feladata, és vele együtt a szalagmunka.

Nem sokat ugrálhatott: Nápolyban a munkanélküliség harminc százalékos volt. Jóformán minden egyes állásért harc folyt.

Persze nekik is könnyebb lett volna, ha Blanka legalább segélyt kaphatna, de Noto az állandó lakcíme. Na, nem mintha attól színesebb lenne vele az élet.

Mindegy, úgyis az lesz, amit eltervezett.

Közben a folyamatos zajban és melegben lázasan folyt a munka az üzemben.

Nápoly a mélyszegénység ellenére szerethető város volt. Aki oda született, máshol nehezen tudta volna elképzelni az életét.

Páratlan volt Nápoly hangulata. Este egy séta a Castel Nuovóban felér egy varázslattal. Ha az ember a szerelmével teszi meg ezt, akkor csoda. A várkastély egy kikerülhetetlen történelmi hely.

A várfalak tetejéről a kilátás nemcsak a legszebb kilátást adja, de emlékeztetőt is a tragédiákra.

A Vezúv sziluettjét sötétedés után is szépen lehet látni, a város fényeinek hangulata örömfényként ünnepel minden este.

A kikötő és a Tirrén-tenger vize hullámain táncoltatja, ringatja a szörföző Hold fényét.

Na persze van a városban sötét árny épp elég. Egy idegen számára Nápoly negyedei este rémisztők lehetnek, bár tényleg azok. Ám a helyi lakosok számára itt minden természetes, ahogy az öröm, úgy a sírás könnyei is.

A műszak befejeződött, Valerio már az öltözőben vágta puccba magát. Kínosan ügyelt a külsejére, meglehetősen piperkőc volt.

Elindult kifelé az üzemből, a kaput elhagyva elindult a parkoló felé, de az út mellett egy beugróban félrehúzódott.

Elővette a telefonját és hívta az apját. Pár csörgetés után már az fel is vette:

– Szia, Valerio! Hogy vagy, fiam?

– Szia, apa! Jól, köszönöm. – És ti hogy vagytok? – kérdezett vissza.

– Jól vagyunk anyáddal. De ezért nem szoktál felhívni, hogy megkérdezd. Miért keresel?! – kérdezte Vittorio gyanakodva.

– Igazából kellene a segítséged. Bajban vagyunk nagyon.

– Tudod jól, hogy nem tudunk most anyagilag támogatni, próbálunk valahogy talpon maradni anyáddal mi is – jelentette ki Vittorio.

Tudta, ha a fia jelentkezik valamiért, annak oka nem az lesz, hogy megkérdezze tőlük, mit segíthetne nekik. Ha Valerio jelentkezik, mindig kell valami neki.

– Apa, kérlek! Tudod, hogy már négy hónapja nincs munkája Blankának. Mindent megpróbál, de még mindig nincs semmi.

– Ebben én hogyan segítsek?! Nem kereshetek neki én munkát Nápolyban. A régi ismerősöket, kollégákat is hiába hívnám fel. Tudod nagyon jól, hogy egy üres helyre azonnal öt családtagjukat tudnák betolni. Tudod jól, hogy ezért költöztünk ide, Salernóba három éve.

– Apa, én arra gondoltam, hogy leköltözhetne hozzátok egy kis időre, amíg itt nem lesz lehetősége. Így is el vagyunk maradva az albérlettel is. Neked a boltban segíthetne. Számlákat könyvelni, leltározni, megrendeléseket intézni, pakolni meg kiszolgálni – ajánlotta párját lelkesen Valerio.

– De fiam, a bolt jó, ha csak annyit hoz, hogy megéljünk.

– Kérlek, légy szíves! Csak nagyon pici fizetés is elég Blankának, alig valami. De legalább egy kicsit össze tudnánk szedni magunkat – kérte kissé túl kedvesen az apját Valerio.

– Nem tudom, ezt anyáddal meg kell beszélnem.

– Apa, most egy kicsit segítsetek!

Nem mintha ez lett volna az első, hogy valamiért mindig éppen segíteni kellett neki.

– De el kell, hogy köszönjek, mert megyek egy kollégámnak segíteni építőanyagot vinni fel a házba. Holnap hívlak ilyenkor! Anyát puszíltatom! Szia!

– Szia, Valerio, majd megbeszéljük még! – köszönt el Vittorio.

Valerio egy széles mosollyal az arcán ment megkeresni a robogóját, hogy a kedvenc helyére, a Pizzéria Suppellába menjen. Egy kis trattoria a Via dell'Arco végén, csak pár utcányira a Via Ciro Improtától, ahol laktak.

Kicsi hely, kicsi árak.

Szegény környék, életre vágyó emberek.

Jó társasággal szoktak összejönni, általában négyen-öten, mikor hogy.

Jólesett Valeriónak a szürke munkája és a szürke kapcsolata után élvezni a színeket.

Különösen, ha ott volt Lucia.

Hát persze, a boldog, önfeledt nevetése, a fantasztikus nőiessége teljesen magával ragadta Valeriót.

Észrevette ezt Lucia, de mintha fel sem tűnt volna neki, s ezzel még inkább felkorbácsolta a vágyat Valerióban.

Már késő este, ha szétszéledtek, újabban Valerio kísérte haza Luciát.

Észrevették a barátaik a köztük lévő vonzalmat, s kaján viccekkel heccelték őket.

Délután a Viale della Resistanzról gyalogolt haza Blanka, ez volt hozzájuk a legközelebbi munkaügyi központ. El volt keseredve. Egy ilyen hatalmas városban hogyan lehet ilyen kevés lehetőség?

Arra gondolt, villamosoznia kellene egyet. Ritkán szokott, mert arra nem volt pénze, hogy vegyen jegyet, inkább bliccelt.

Nagyon szeretett villamosozni, teljesen elvarázsolta. Eddigi életében sosem ült villamoson.

Szicíliában van ugyan Palermóban, de sosem járt ott.

Imádta nézni Nápoly gyönyörű történelmi épületeit, zöld parkjait, a forgalmat, meg azt a sok üzletet.

Ilyenkor úgy érezte, mintha élne.

Nem akarok Salernóba menni! – tiltakozott magában félve. Egyszer találkozott Valerio szüleivel, Monicával és Vittorióval. Szimpatikusak voltak, de ennyi.

Lassan közben hazaért. A másodikra érve kinyitotta az ajtót, és belépett a garzonba.

Olyan hideg és semmilyen érzés kerítette hatalmába.

Mégis jó lett volna villamosozni.

De még jobb lenne, ha Valerio kedvesebb vele egy kicsit, és nem okozna fájdalmat azzal, hogy esténként máshol van.

Este nyolc körül már együtt volt a szokott társaság a kiskocsmában. A kis kockaasztalok mindenhol tele voltak a helyiségben.

A zajtól alig lehetett hallani valamit; mindenki szenvedéllyel mesélt, magyarázott vagy nevetett.

Valerio és Lucia is jól érezte magát.

Lucia egy gazdag kereskedőcsalád lánya volt. Ezen a környéken kilógott a sorból. A szülei lakást vettek itt neki: az egyik nagy raktáruk nem messze helyezkedett el, Lucia ott dolgozott. Így kényelmesebb volt bejárnia.

Lucia hétalvó volt. Ha tehette volna, a raktár telepén aludt volna, hogy egy perc se teljen el a bejárással.

Valeriónak tetszett Lucia, az pedig még jobban, hogy nem szegény.

Próbált is imponálni nagyon a lánynak. Lucia nem tudta, hogy már van barátnője és együtt is élnek.

Blanka szerencsétlenségének egyik oka a tapasztalatlansága, bizonytalansága volt, melyeknek következtében a magabiztosság minden formája hiányzott belőle.

Ezért alakult ki a függőség benne a környezetével szemben: kapaszkodott maga körül azokba, akiktől függött.

A kapcsolata Valerióval azért is futhatott zátonyra, mert tapasztalatlan volt.

Valerio volt az első fiú az életében, és a gyerekkorában kialakult kisebbrendűségi érzés miatt csak szorongás volt benne.

Persze volt benne egy adag megfelelési kényszer, kedvesség is, de ezt a félelme mozgatta.

Az életben szükséges magunkkal szemben a megfelelő önbizalom, felszabadultság, hisz' vannak vágyaink, álmaink, fantáziánk, és ezt a partnerünkkel kell megélni, átélni. Ha a partnerünkben is folyamatos szorongást, gátat, elégedetlenséget keltünk, akkor az előbb-utóbb mással éli meg önfeledten a vágyait.

Szóval, a szexuális életük szorongásos, kötelező volt, mintha talán ettől mégis működne a kapcsolatuk.

Nem működött.

Blanka már nyűg volt Valeriónak, nem ajándék az életében.

Otthon hazaérve Blanka megint lefeküdt nézni a sorozatát.

Ez nála a depresszió jele volt. A kedvetlenségét, a kilátástalan helyzetét így tudta elfeledni.

Tiger odafeküdt a lábához, a megszokott helyére. Meseszép sötétbarna szőrével, benne fekete tigriscsíkokkal meseszép macska volt. Már idős, tizennégy éves volt, de jó egészségnek örvendett. Valerio két hónappal korábban hozta haza; egy barátja kérte meg őt, hogy vigyázzanak rá, amíg elutazik egy fél évre Angliába.

Kulcs zörrent a zárban, nyílt az ajtó. Valerio belépett, és bement a kisszobába Blankához. Elég korán hazaért az elmúlt hónapokhoz megszokott ritmusához képest.

– Szia, Valerio! – köszönt elsőként Blanka.

– Szia! Sikerült melót találnod? Van valami?

– Kösz, hogy érdekel, jól vagyok! – érkezett a megbántott válasz Blankától. – Nem, semmi sincs. Ma is bent voltam a központban. Milyen volt a napod? – érdeklődött a lány.

– Semmi különös, a szokásos. Ma, munka után beszéltem apámmal. Hétvégén lemégy hozzájuk, és amíg nem lesz itt munkád, nem találok neked, náluk laksz és mellette, a boltban dolgozol.

– De én nem akarok hozzájuk költözni! Te azt ígérted, hogy segítesz nekem, lesz itt munkám, és amíg nem lesz, elleszünk akkor is ketten abból, amit te keresel! – kiáltotta már sírva Blanka. – Nem ezt ígérted! Mi lesz velünk?!

– Mi lenne? Sajnos az albérlet sem olcsó. Kibírod kis ideig, egy kevés pénzt is keresel, ami jól jön nekünk – csitította Valerio.

– De én nem akarok menni! – jött már a harciasabb, makacs válasza a lánynak.

– Nézd, vagy apámékhoz mész le egy időre, vagy én költözöm el egy haveromhoz. Válassz.

Nem megy egy fizuból minden – mondta Valerio, más lehetőséget nem adva.

– Valerio, szeretsz még engem egyáltalán? Ugye igen? – bújt Blanka Valerióhoz.

– Persze, hisz' tudod.

– Akkor miért nem maradhatok veled itt? Hisz' alig eszem valamit, ruháim sincsenek. Már hónapok óta szórakozni, vacsorázni sem viszel.

– Pont ezért nem maradhatsz. Össze kell szedni magunkat, kell egy állást keresnem itt neked. Addig bírd ki a szüleimnél.

– De hogy fogunk találkozni? – kérdezte a lány.

– Majd hétvégenként hazamegyek, meg majd te is feljössz hozzám. Majd megoldjuk, csak kicsit te is gondold át és fogadd el, hogy egy ideig ez lesz. Nekünk lesz jobb így! – és ezzel Valerio le is zárta a témát.

2. fejezet

A salernói szenvedés

Blanka az első napon rosszkedvűen, morcosan kezdett a boltban Vittorio mellett. Nem így álmodta meg az életét Valerióval. Vittorio és a felesége, Monica már várta őt tegnap a pályaudvaron. Hát, ő nem várta őket.

Az utcán a forgalom a megszokott volt. A Via del Carmine nem volt egy túl rossz utca, a parttól a Campania öbölre merőlegesen haladt befelé. Ebben az utcában kezdett dolgozni Blanka Salernóban.

Nem egy rossz kis üzlet volt, ruhákat árult Vittorio.

Az üzletben pulóverek, pólók, ingek, blúzok, nadrágok és a megszokott butikáruk voltak – már jó részük kínai és török áru.

Az ilyen üzletekből ezerszám volt az olasz városokban, ahogyan éttermekből, kávézókból, trattoriákból, pékségekből is.

– Blanka, jó lenne, ha azzal kezdenéd, hogy átnézed az árukészletet, mit árulunk, hogy legyen fogalmad a kínálatunkról, ha segítened kell a vevőknek – mondta Vittorio.

– Jó! – jött a rövid válasz.

– A héten ismerd meg a termékeket, amit árulunk, hogy tudj majd segíteni a kiszolgálásnál.

Mindent nagyon szeretett Blanka, csak kiszolgálni nem, és az embereket.

Irtózott az emberi kapcsolattartástól.

Inkább egy irodában, egyedül végezte volna bármilyen unalmas analitikai adatok rendszerszintű számítási elemzését.

Ehhez lett volna kedve.

Na, mindegy – gondolta –, *akkor sétálgat az üzletben és nézelődik, mintha vásárló lenne, az olyan, mintha dolgozna és a rábízott feladatra koncentrálna.*

Elvégre nem ő akart idejönni.

Hiányzott neki Valerio. Ez így nagyon rossz volt. Bár Nápolyban lehetne! Már az sem érdekelné, hogy mindig kimarad. Legalább elhozhatta volna magával Tigert... Nagyon összebarátkozott az öreg macskával. Már otthon is a vigasza volt.

– Buongiorno, Vittorio! – lépett be az üzletbe egy ötvenes nő harsányan köszönve.

– Buongiorno, Violetta! Micsoda gyönyörű meglepetése a napnak!

– Vittorio, te sosem változol! – nevetett kacéran Violetta. – Mondd, van valami új a boltodban? – kérdezte.

– Hát még szép! Hogy is kérdezhetsz ilyet! A boltomban a látványod mindig új nekem! – csapta a szelet Vittorio.

– Már életemben sok boltban voltam, de még így senki sem udvarolt nekem! – nevetett Violetta.

– Persze, hogy van új árum, csak nézz szét nyugodtan, szépségem!

Violetta beljebb ment a bolt belseje felé, hogy megnézze, van-e valami kedvére való.

Míg a különböző ruhákat nézegette, észrevette a szintén a sorok közt téblábólo Blankát és ráköszönt:

– Buongiorno, kedvesem! Te is keresgélsz valami újat?

– Buongiorno! Nem, csak az árut próbálom felmérni, hogy mi van.

– De az miért érdekel téged? – hökkent meg Violetta.

– Hát, mert itt dolgozom – válaszolta kicsit szégyellve magát Blanka.

– Vittorio! Ki ez a bájos szépség? – kérdezte nem kis rejtett kíváncsisággal Violetta. Ismerte Vittoriót: egy nőt öt percre sem szabad együtt hagyni vele, nemhogy állandóan.

Ráadásul ez a fiatal lány igen szép teremtés.

– Blanka a fiunk, Valerio barátnője, régóta nincs munkája. Egy ideig nálunk lakik, és itt kisegít, míg Valerio nem talál munkát neki Nápolyban – felelte Vittorio.

Na hiszen, akkor itt fog megöregedni! – gondolta magában Violetta. *Nápolyban mindened lehet, csak munkád nem, ezt mindenki tudja.*

– Milyen jólelkűek vagytok! – mondta inkább ezt egy kis fenntartással Violetta.

– Kedvesem, legyen szerencséd! – mondta Blankának, de hogy ezt mire értette, senki nem tudta. Ezután folytatta a keresgélést valami szép, új darab után.

Az üzletben teltek-múltak a napok. Nem volt olyan vészes, csak Blankának volt szenvedés ott lenni.

Vittorio mindig végtelenül kedves, türelmes volt vele, s otthon Monica bánt vele rosszul.

Vittorio mindig elmondott mindent ötvenszer. Talán azt gondolja, hogy ő elsőre nem tudja megjegyezni, vagy szenilis? Jó, bizonyára nem az, de akkor miért ismétli annyit magát? Na, mindegy – morfondírozott.

Viszont mindig vitt neki kapucsínót. Megtudta, hogy szereti, és majd' kétóránként vitte. Otthon meg mindig etette volna, mintha csontváz lenne. A jövő hét végén megérkezik Valerio! Hurrá! Alig várta, hogy odabújhasson hozzá.

Két hét. De Valerio azt mondta, mikor tegnap telefonon beszéltek, hogy majd minden hétvégén lejön Salernóba, egy hónapban egyszer meg Blanka utazik Nápolyba.

Azért az már sokkal jobb lesz.

Meg Blanka mindennek ellenére úgy érezte, ez biztosíték arra, hogy nem lesz más helyette, Valerio komolyan gondolja a kapcsolatukat, ha a szüleinél lakik és dolgozik.

Az áprilisi tavasz meleg volt Salernóban. A konyhaasztalnál ültek mindhárman. Monica, hogy kicsit kedveskedjen, arancinót készített ma, Blanka hazai kedvencét. A szicíliai húsos rizslabda egy egyszerű, de finom étel.

– Történt ma valami? – kérdezte Monica tőlük.

– Nem sok. A szokásos nap volt – mondta Vittorio. – Viszont ma Blanka felvetette, hogy írjunk ki egy akciót készletkisöprésre. A ruhák jó része valóban régi már. Ha akciósan, ötven-hetven százalékkal meghirdetjük, akkor azon a pénzen új trendekkel tölthetnénk fel a polcot – örvendezett Vittorio.

Persze, hisz' boldog volt, ha örömet szerezhetett Blankának.

– Van ennek egyáltalán értelme? Hisz' nem azért jöttek eddig sem hozzánk be, hogy a legújabb divatárut vegyék meg drágán – kérdezte némi kétkedéssel Monica.

Abban volt némi igazság, hogy a központtól távolabb eső üzletekben nem a drága divatmárkát keresték.

– Nem márkás ruhákra gondoltunk, hanem divatosabbakra, de az alacsonyabb árkategóriában – mondta Vittorio.

Otthon eddig nem sokat beszélt Blanka, ahogyan most sem nagyon.

– Te tudod, kedvesem – engedte el a témát Monica.

Blanka nem érvelt: jobban örült annak, ha nem kellett beszélnie. Az üzletben sem szerette felvenni a telefont, sőt fel sem vette.

Előző nap is, amikor Vittorio lépett volna ki az ajtón, hogy hozzon neki egy kapucsínót, akkor csörgött a telefon. Vittorio várakozva nézte Blankát, de a lány lemerevedett; mindig és mindentől pánikolt, még egy telefont sem tudott felvenni más előtt. Tegnap sem vette fel.

Ekkor Vittorio kérdésére, hogy mire vár, azt felelte, hogy így nem tud beszélni, ha ő is ott van.

Ekkor Vittorio fogta magát és elment a kapucsínóért, mert rájött, hogy feszélyezi Blankát. Hadd tanulja meg egyedül kezelni a hívásokat, majd idővel oldódik.

3. fejezet

A zuhanás

A boldogság kék madara belesárgult volna az irigységbe, ha látja Blanka végtelen örömét. Két nappal korábban hívta telefonon Valerio, és megkérte, hogy inkább ő menjen Nápolyba hozzá, mert jobb lenne.

Hát persze, hogy jobb lenne, hisz' végre újra kettesben lehetnek! Mekkora boldogság ez annak, kinek sosem volt része benne.

Már a vonaton ült. Vittorio kivitte a pályaudvarra, Salernóból egy óra Nápoly, nemsokára találkoznak.

A vonat suhan a tájon keresztül, de a természet szépsége észrevétlen marad Blanka számára.

A fejében gyorsabban száguldó gondolatok futottak, mint a szerelvénye.

Jó lenne, ha végre a nélkülözöttség érzése megszűnne. Egyszer valaki őt azért szeretné, aki és amilyen, nem pedig azért, mert csak szüksége van rá.

Az igazi apja két hónapja levelet küldött. Na, nem ő: a nagynénjén, Giannina nénin keresztül.

Az apja, Mark, felkereste a szüleit is, de nem kapott sem felvilágosítást arról, hogy Blanka hol él, sem pedig megértést.

Mark beteg. Szüksége lenne a lányára, hogy ő segítsen neki, mert nem boldogul egyedül.

Nincs senkije, és szüksége van a lányára, aki ellátná és foglalkozna a lakással, amivel némi pénzt is keresne.

Blanka szüleinek elutasítása után még azt a kevés rokonát isfelkereste Notóban, akik talán tudhattak esetleg valamit Blankáról. Így jutott el Giannina nénihez.

Annyit elért nála, hogy amikor elmondta, miért keresi a lányát, annyit mondott a nénje, hogy tud segíteni. Írjon levelet, és elküldi Blankának, aztán a lány eldönti, hogy akar-e egyáltalán kapcsolatot az apjával.

Mark ragaszkodott volna hozzá, hogy megkapja Blanka nápolyi címét és a telefonszámát is, csakhogy Giannina néninek volt tapasztalata az erőszakos férfiakkal – 46 év. A kikötői trattoriában volt ennyi ideig a pult mögött. Volt elég alkalma kezelni a helyzeteket, na meg tapasztalata hozzá.

Abban maradtak, hogy hetente egyszer benéz, jött-e levél Blankától, és ennyi. Nem több. Egyébként nincs telefonja, és már nem is akar Giannina néni.

Most bezzeg szüksége lenne rá az apjának. Ha nem Francesco szolgája már többé, akkor legyen Marké.

Nem akar egy észrevétlen cseléd lenni többé.

Egyébként sem menne vissza Szicíliába. Azok a férfiak, akik ott lettek a családtagjai, csak gyalázatosan bántak vele és fájdalmat okoztak neki.

Úristen! De hisz' Valeriót is ott is ott ismertem meg! – kiáltott fel magában.

Nem, nem! Az más helyzet – nyugtatta magát. *Ott ő látta meg Valeriót és, azután alakult ki kölcsönösen a rokonszenv.*

Az viszont igaz, hogy a két apja semmilyen rokonszenvet nem érzett soha iránta, így ő sem irántuk.

Megírta Giannina néninek, hogy ha megy Mark, mondja meg neki, hogy soha nem fog választ kapni tőle, ne várjon az életében egy sort sem tőle. Azért nem is írt vissza semmit Marknak, nehogy azt gondolja, hogy annyira is méltatja.

A vonata beért a főpályaudvarra; már másodjára ért Nápolyba az életében. Ezt most érettebben élte meg, de megint végtelenül izgatott volt.

Így, hogy két hétig nem látták egymást, értékesebbé vált az előttük álló két nap.

A peronhoz beállva a szerelvény lassított és megállt.

Megint csak hagyta Blanka, hogy a tömeg előtte leszálljon.

Csak egy sporttáska volt nála pár ruhával, meg egy kis pénz is. A lényeg! Lehet, hogy mégis igaza volt Valeriónak? Vittorio nagyon kedves volt, odaadta az elmúlt két hét fizetését. Nem volt túl sok egyáltalán, az igaz. Harmada annak, amit Nápolyban keresett, de itt egy kis szobája volt, mindig ehetett, volt mit, meg állandóan nyaggatta az üzletben Vittorio, hogy mit hozzon neki. Vittorio mellett kapucsínófüggő lett, már annyit ivott. Lelépve a vonat lépcsőjéről a peronra elindult kifelé. Most a peron legelején várta Valerio, de már nem futottak egymás irányába. Azonban ott volt, várta, csak ez számított.

Odaérve hozzá Blanka boldog és széles mosollyal ugrott a férfi nyakába.

– Szia, kedvesem! – köszöntötte kedvesét hangosan, ujjongva, míg szorosan hozzábújva ölelve át és csókot adva akarta érinteni Valerio száját. Valerio finoman, de határozottan elhúzta a fejét. Nem volt kölcsönös a viszontlátás öröme.

Olyan kimért és csendes volt Valerio, olyan, mintha hideg lenne. Blanka ekkor ijedt és döbbent meg először. Legbelül nőként tudta, hogy baj van. A nők egy tízes fokozatú földrengés-skálán érzékelik a bajt. Durván tudnak működni az ösztöneik a bajban. Blanka a skála tízes fokozatát érezte teljes belső remegésében.

– Szia, Blanka! Menjünk, otthon majd beszélünk – mondta Valerio.

– Mi történt, Valerio? Baj van? Mondd, miért vagy ilyen? – buktak ki pánikolva a kétségbeesett kérdések Blankából.

– Gyere, menjünk, majd a lakásban elmondom.

– De mondd el itt, ha baj van! Mi történt? – kérdezte már keményebben Blanka kedvesét, de ami kemény hangsúlynak tűnt, az csak a pánik, a szorongás és kétségbeesés hangja volt fájdalommal.

– Ne hisztizz itt! Menjünk, nemsokára elmondom. – Valerio megfordulva indult, hogy a pályaudvar főcsarnokán keresztül kimenjenek a parkolóba a robogójához.

Valami döbbent ködben követte Blanka. A pályaudvaron tömeg volt, a főcsarnokban is, de senkit nem látott. Valeriót sem látta igazán; egy árnyat követett, akinek valótlan a kontúrja az az érzelmei ködében.

Kiérve a parkolóhoz, nem foglalkozva az emberekkel, akik mindenhol körbevették őket, Blanka, mint a fuldokló, amikor egy másodperc helyett hármat tud a víz felszínén lenni, egy pillanatra újra magához tért.

Kihasználva, hogy magához tért, újra nekiugrott a kérdésével Valeriónak:

– Mondd meg, mi a baj! Addig nem ülök föl mögéd és nem megyek sehova, amíg meg nem mondod, mi van! – mondta határozottan, vadul, makacsul.

Valerio nem szerette a kellemetlen helyzeteket. Sem Nápoly, sem a főpályaudvara nem arról volt híres, hogy néptelen. Most is komoly jövés-menés volt körülöttük, vagy csoportos, páros disputák mindenütt.

Nem mintha érdekelt volna bárkit is a civódásuk – mindenki a sajátjával foglalkozott. Meg amúgy is, milyen olasz az, aki nem vitázik mindennap legalább egyszer-kétszer vehemensen, intenzív gesztikulálással nyomatékosítva a véleményét?

Valeriót zavarta mindig az ilyen helyzet, ahogy most is.

– Ülj föl! – szólt rá a lányra.

Ekkorra már ő felült a motorra, és beindította.

– Ülj fel, vagy itt hagylak! Pár perc a lakás. Ott elmondom.

Ekkor Valerio előrefordította a fejét, és túráztatta a motort.

A bérelt garzon negyedórára volt... tudta Blanka, hogy nem pár perc.

A negyedóra túl hosszú idő, de indulatos arccal felült Valerio mögé, és elindultak.

Átrobogva a fél városon megérkeztek végre. Blanka leugrott a motorról, a kulcsait kereste, míg Valerio eltolta a hátsóudvar tárolójához a robogót.

Végre nagy nehezen visszaért, és elindultak a másodikra.

Az ajtót nyitva beléptek. Tiger már jött oda hozzájuk, de Blanka most az egyszer észre sem vette.

Most viszont már félt, és nem akart kérdezni. Nem akart, mert nem szeretett volna rossz választ kapni.

Egyértelmű volt számára abból, ahogyan a pályaudvaron fogadta őt Valerio.

Valahogy mintha sejtette volna a jövőjét, úgy kérdezte meg mégis a férfit, mégis reménykedve abban, hogy rosszul látta és érezte, érzi a helyzetet:

– Akkor most már érdekelne, hogy mi a baj és miért viselkedsz így velem.

A szobában egymással szemben állva Valerio ránézett és annyit mondott:

– Szakítok veled. Nekem ennyi elég volt.

4. fejezet

Az ember a saját nyomorában

Összeesett. A világ megszűnt.

Ezt megérteni nem lehetett. Szerette Valeriót, kötődött hozzá, és bármit megtett volna érte. Miatta ment le Salernóba is, a férfi szüleihez.

Süllyedt és szédült a világ vele egyszerre, a fények egyre távolibbak lettek.

Nincs, nincs értelme tovább a létnek. Csak akkor, ha az élet. Nem, nem és nem! Nincs tovább. Vége az útjának.

Másfél éve a Lido di Notón, amikor megpillantotta Valeriót, és az egész estét átbeszélgették a tengerparton, élete legcsodálatosabb pillanata volt. Akkor azt gondolta életében először, hogy csak élni érdemes, és örökké.

Ez most minden szempontból a legmegalázóbb időszak lesz az életében: Valerio a tudtára adta, hogy vége. Csak, mert vele nem érzi már jól magát. Ennyi.

Ennyi egy ember élete.

Az után, hogy hét hónapig leveleztek, rémálmában sem gondolta volna, hogy még jó ennyi idő, és vége.

Kinek mi a tragédia. Fiatalkorban nemegyszer ér véget jóval hamarabb is egy kapcsolat az övénél, de Blankát nem a többieké érdekelte.

A legtöbbnek van hova hazamennie.

A legtöbbnek van szerető családja.

Az öccsei már nem adnák vissza a szobáját, és Francesco sem engedné vissza akkor sem, ha száz szobája lenne: mindig élvezte, ha látta szenvedni; mindig élvezte, ha szenvedést okozott Blankának.

Csak a végtelen örömet adná meg, ha bekopogtatna az ajtón otthon, bebocsátást kérne és Francesco kikergethetné, viszsza az utcára.

Valószínűleg amióta elszökött otthonról, a mostohaapja a féltestvéreit is ellene fordította; már előtte is örömmel gúnyolódtak rajta.

Az igazi apja. Mark.

Nem is tudta... Talán három hónapja, hogy írhatott? Mindegy.

Sosem látta még.

Menjen hozzá, húzza meg magát az apjánál, hogy élete végéig éjjel-nappal kereshessen kettőjükre és elláthassa mindennap, kiszolgálja, mosson, főzzön meg takarítson?

Inkább a halál vagy egy kolostor!

Mindig szerette volna, ha csak egy picit, egy picit figyelnek rá.

Ha a valakit talán öt percig érdekel, mit érez, mit gondol.

Ha egyszer, amikor elvégez egy rá bízott feladatot, utána csak egyszer megdicsérik, hogy milyen ügyes volt.

Látta valaki egyszer is, milyen szorongva, görcsösen igyekszik egy, egyetlen dicsérő szóért? Eddig senki sem látta.

Valerio az első három hónapban figyelmes volt és szórakoztató volt még, de így, ha visszagondol, sosem dicsérte meg semmiért.

A hétvégéjük felemás volt Valerióval, mikor az bejelentette, hogy szakít vele.

Miután a lány magához tért, egy óráig csend volt a lakásban.

Amikor összeesett, a földre került, de magához térve az ágyban találta magát.

Addig, míg nem jött vissza a konyhából a szobába Valerio, addig Blanka hagyta, hogy minden elszálljon belőle.

Érzés és értelem nélkül lebegett a saját testében.

Valerio a konyhában kávézott és újságot olvasott. Nem érzékelte a helyzetet, amit teremtett.

Megitta a maradék kávét, felállt, és bement Blankához.

Ahogy belépett a szobába, azonnal magához tért a lány.

– Valerio, kérlek! Adj nekünk egy esélyt! – ugrott térdre fekvő helyzetéből. Közben potyogtak a könnyek az arcán.

– Kérlek! Kérlek! – kérte zokogva már.

– Nem, itt van vége – mondta racionálisan Valerio.

– De mi lesz velem? Mit csináljak? – kiáltott fel a lány. – Nem ezt terveztük, és te is azt ígérted, hogy minden rendben lesz és csak velem akarsz élni!

– Mindegy már, ez van – mondta Valerio.

– Engem idehívtál Nápolyba, miattad szöktem el és vége? Ennyi? Ez így szerinted jó? Mit csináljak így? – kezdett már dühös lenni Blanka.

– Maradsz apáméknál pár hónapot, elteszed félre azt a kis pénzt, amit kapsz. Majd segítek, ha lesz egy kis pénzed már – sok barátom van Rómában, innen mentek fel. Munka rengeteg van, mindenhová embert keresnek, állásod biztosan lesz, és albérletben is segítenek. Majd odaköltözöl egy másik lányhoz lakótársként. Azután már rendben lesz az életed – mondta Valerio úgy, mintha a mentora lenne Blankának, nem a barátja.

– Az én életem veled van rendben, Valerio! – jött azonnal a válasz. – Én csak téged akarlak! Bármit megteszek kettőnkért, kérlek! – könyörgött újra.

– Elmondtam. Vége, Blanka. Vagy hazamész, vagy maradsz apáméknál és így lesz lehetőséged továbblépni.

– És mit mondunk a szüleidnek? Hogy minden rendben? Hazudjak nekik? Ezt hogy gondoltad? – kérdezte szemrehányóan a lány.

– Nem mondunk nekik semmit. Ha semmit sem mondasz, az a legjobb! Annyi pénzt gyűjts össze csak, hogy egy hónapig elég legyen Rómában. Mindenhová embert vesznek fel azonnal, pénzt ott mindig tudsz keresni, és nem annyit, mint Szicíliában vagy itt Nápolyban. Ott háromszor annyi a fizetés sok helyen, mint nálatok otthon Szicíliában, de még a nápolyinak is majd a duplája. Ha lesz egy kis pénzed, szólj, és telefonálok egy-két barátomnak Rómába, hogy legyen hova menned albérletbe. Ott három-négy hónap után már annyi pénzed lesz bőven, hogy egy saját garzont is kivehetsz – vezette le Blanka lehetőségeit.

Bár érzelmileg nem volt gazdag Valerio, szellemileg nem volt gond vele: gyorsan felmérte a helyzeteket, a problémákat feladatként kezelte. Tisztán és világosan, rendkívül logikusan oldott meg mindent.

– Te maradj lent Salernóban, kéthetente hazamegyek és úgy teszünk, mintha nem lenne gond köztünk – mondta Valerio.

– Te normális vagy? – csattant fel Blanka. – Ezt mégis hogy gondolod? – kérdezte.

– Mert szerinted mi a francot mondjunk nekik? Azt, hogy szakítottam veled és még pár hónapot náluk héderelnél, míg lesz pénzed új életet kezdeni? Vagy küldenek neked pénzt Szicíliából a szüleid? – válaszolta Valerio.

Innen, ebből a szemszögből nézve valóban nem sok lehetőség maradt Blanka szempontjait tekintve: haza nem mehetett, pénzt nem fognak és tudnak küldeni. Itt Nápolyban munkát, ha eddig nem sikerült, ezután lesz esélyesebb találni.

Az elmúlt több mint négy hónapban Valeriót sem sokat látta, és ha igen, akkor sem figyelt már rá.

Vittorióéknál viszonylag nyugis, a kis szobája tök jó. Senki sem háborgatja a szobájában, meg amúgy sem, a kis üzletben meg mindig kedves a férfi.

A vevők elviselhetőek, a kapucsínó finom.

Ha mindent összevet, ennél sokkal rosszabb élethelyzetek is vannak. Amúgy Salerno ráadásul sokkal elviselhetőbb és élhetőbb, mint Nápoly. Meg sokkal tisztább, rendezettebb, és a közbiztonság is jobb.

Eddig az egyik apjánál sem kapott volna lehetőséget az életben. Fura, hogy egy idegennél, Valerio apjánál kap. Vittorio teljesen más, mint a fia, minden szempontból.

Át kell gondolnia a helyzetét és el kell fogadnia azt, amit Valerio mondott.

Persze, ha ott marad egy időre Valerio szüleinél, nem is baj. Talán... talán ha mégis történne valami közben, aminek hatására Valerio újra észrevenné őt. Talán ha az a hatás, ami most éri Valeriót, megszűnne?

– Szeretőd van? Van valakid?

Ahogy rájött, hogy mi játszhat szerepet Valerio szakításában, abban a pillanatban a kérdést is határozottan szögezte neki.

– Üldözési mániád van – válaszolta Valerio, aki tisztában volt azzal, hogy lesz egy ilyen kérdés.

– Nem válaszoltál! Van valakid? – kérdezte újra mérgesen Blanka.

– Nincs senkim. Meg mit gondolsz, hová? Ide? Ne viccelj! – válaszolt Valerio.

Persze a visszafordítással elvette egy kicsit a kérdés jelentőségét.

– Nem élem meg ezt viccesként egyáltán. Valahogy nincs nevethetnékem – mondta Blanka. – Akkor miért akarod, hogy vége legyen? Mi a baj velem? Mit csináltam rosszul? Mit? Kérlek, mondd meg, hogy miért löksz el magadtól? – kérte a lány.

Na, ez volt az a helyzet, amivel tényleg nem tudott mit kezdeni Valerio: az emocionális intelligenciája gyerekcipőben járt, és maradt is annál a méretnél. Nem szeretett olyasmibe belemenni, amire nincs rálátása. Kényes és kellemetlen volt mindig az érzelmi kifejezésekre, és nem szeretett érzelmi alapú beszélgetésekbe bocsátkozni.

Valahogy tényleg elvolt nélküle, és ilyen pillanatokban csak összezavarták, mert nem tudott mit kezdeni velük.

– Nem a „két fél egy egész" vagyunk. Ennyi, és nem több – zárta le a beszélgetésnek ezt a szakaszát Valerio.

Még egy jó félórát beszélgettek a következő hónapok helyzetéről, aztán Valerio fogta magát és elment találkozni a barátaival.

Blanka magára maradt a lakásban.

Vagyis nem; ekkor bújt oda hozzá Tiger, és elkezdett dorombolni, mintegy baráti vigasztalásként.

5. fejezet

Külön utakon 1.

Valerio útja

A társaság sokat találkozott a Parco San Gaetano Ericóban. Egész jó kis park volt: sok kutyasétáltató, sok gördeszkás fiatal, kosárlabdázó iskolások, és bandázó fiatalok helye. Összefutottak páran itt, s Valerio szerette a társaságot. Most itt volt Silviano, Letizia, Luca, Regina és Lorenzo. Ilyenkor beszélgettek, ittak, ha éppen volt kedve Lorenzónak, hozta a gitárját is és énekeltek.

Sokszor volt kedve. Szerették a lányok, ha egy férfi kezében gitár van, a gitáros férfiak pedig ritkán nem szerették a nőket. Most is a bankot adták egymásnak, hogy ki hogyan tud becsajozni, de Silvianóé volt a legjobb az összes között.

A férfi idősebb volt 6-8 évvel a többiektől. A harminckettőt már betöltötte. Az ő sztorija az volt, hogy úgy csajozott, hogy az utcai fülkéktől kb. 10 méterre leállt a motorjával. A motorhoz támaszkodva elkezdte csörgetni a fülkét a mobiljáról akkor, amikor egy jó nő, egy jó csaj már nem messze volt a készüléktől.

Általában majd' mindig felvették a telefont – a járdán a falra akasztott készülék fölött csak egy íves plexi esővédő volt. Jó volt a statisztikája: kettőből egy, aki felvette, randizni ment vele. Persze ezt azért nem hitték el neki. Silviano magabiztosságát nehéz volt megingatni. Ismerte a saját képességeit, meg annak az eredményeit.

– Na, jó! Látom, erősen kételkedtek, tegyünk egy próbát! Bár már rég csajoztam így – mondja mosolyogva Silviano.

– Na, ezt megnézzük! – mondták egyszerre, felugorva a padok ülőkéjéről és a támlájáról nevetve.

– És hol van még utcai telefon? – kérdezi Regina.

– Ez jó kérdés. Van még ilyen egyáltalán? – kérdezte Valerio is.

– A rutin és az évek! – mondta nevetve Silviano. – Nem is messze van egy. Aki hajóra száll, annak tudnia kell, hogy hol vannak a kikötők! – mondta magabiztosan nevetve Silviano.

– Merre? – kérdi Regina.

– Itt, ahol kimegyünk a park bejáratánál, szemben a Viale Altairrel, balra fordulunk a Viale delle Galassie-re, és kb. úgy ötven méterre, a túloldalt, a Galassie le Caffeteria után van a falon egy. De ti mind maradtok az utcán, a park bejárat előtt. A csajozás művészet! – vigyorgott kajánul Silviano. – Ez nem csapatsport – fejezte be.

– Rendben, de honnan tudjuk, hogy összejött-e a csajjal? – kérdezte Luca.

Silviano idiótán vigyorgott.

– Szerintetek, ha összejön, ide visszasétálok hozzátok? – Már nevetett.

A kérdés jogos volt.

– De mennyi időt adjunk neked? Beszéljük most meg, nehogy évekig itt álljunk, míg téged valaki megsajnál – élcelődött Luca.

Lucának csípős nyelve volt, de a kérdés jogos. Silviano az utcai forgalmat és a lehetőségeit mérlegelte.

– Egy órát kérek, simán jó – mondta.

– Rendben, ez így megfelel. Silviano, mindent bele! – mondták barátjuknak, aki közben elindult a fülke felé.

Odaérve Silviano beütötte a mobiljába a fülke számát és átsétált a túloldalra. A járdán háttal a park betonkerítésének támaszkodott.

Várt.

A forgalom jó volt, késő délután a munka végeztével mindenki jött-ment.

Bár nem az első ilyen randija volt Silvianónak, izgult.

Már rég eszetlenkedett így, idősebb is már, de nem ez a lényeg. Nem akar leégni. Amilyen disznó banda ez a brancs, örökké nevetni fognak rajta. Na, ezt inkább ne!

Akkor inkább elviszek randira egy idős mammát! – gondolta, s közben egymagában vigyorgott.

Hoppá. Egy jó harmincas közeledett.

Silviano már csörgette a fülkét.

Olyan észrevétlen hagyta figyelmen kívül az utcai telefon csörgését a nő olyan fél méterre attól, mintha süket lenne.

– A francba! – mondta magában Silviano, és közben jobbra nézett, a barátaira.

Marha jól érezték magukat, mert nagyon vigyorogtak felé.

De vicces! – gondolta Silviano.

Egy-két perc várakozás után két, a húszas évei elején járó csaj érkezett.

Hoppá!

A nők, ha nem egyedül vannak, hamarabb vevők a játékra, ezt már tapasztalatból tudta.

Csörgette a fülkét.

A lányok közeledve a telefonhoz, hallva, hogy csörög a készülék, egymásra néztek. Ilyenkor a szokásos kérdés egymás felé:

– Felvegyük?

Persze nevetve, mert jó buli.

Az egyikőjük már nyúl is a kagylóért, felveszi és belehallgat.

De ekkor már tudja a dolgát Silviáno, és kezdi;

– Ciao, mia Belleza! Silviano vagyok, fordulj meg, az utca másik felén támasztom a falat. Szeretnék egy finom kávét inni, de nélküled még négy cukorral is keserű. Csak azt szeretném, hogy a lényed megédesítse a kávám, kérlek! Az életedből egy félórát rám szánnál, csak egyetlen közös kávé erejéig? –integetett át a túloldalra kedvesen mosolyogva.

A lányok nevetve integettek vissza.

Mindig imponál egy nőnek, ha egy férfinek van fantáziája, és bátorsága is hozzá.

– Hát, igazából nem terveztünk kávézást délutánra, de ha nem ragaszkodsz a kávéhoz, talán egy italt megihatunk veled! – s közben a két lány nevetett.

Ilyen is csak velük eshet meg. Szeleburdiak, szemtelenek.

Ha most ezzel a jóképű fiúval nem isznak meg egy italt, lehet, hogy soha többé nem hívják így randizni őket többet.

– Giulia vagyok – mutatkozott be a kagylót felvevő lány –, a barátnőm Violet. Jöhet ő is, ugye? Akkor megyek én is! – mondta Giulia, és izgatottan mosolyogtak Violettel.

Silviano már tudta a választ. Természetes is, hisz' őt nem ismerik. Elég egy félóra a kávézóban, és önfeledten fogják érezni magukat mindannyian. Ilyenkor, ha elválnak, már tudja, hogy a következő randi Giuliával kettesben fog megtörténni.

– Természetesen! Alig várom, hogy beüljünk végre valahová! Mehetünk akkor? – kérdezte Silviano. Közben teljesen megfeledkezett a barátairól, akik ámulva figyelték az eseményeket. Az adrenalin dolgozik ilyenkor; Silviano is izgult ilyenkor mindig belül. Hogyne izgult volna. A tiltott kert rózsájának van a legédesebb illata, de ha meg lehet szerezni, az az igazi izgalom.

– Persze, rád várunk már egy ideje! – mondta pimaszul nevetve Giulia.

Ekkor kinyomta a telefonját Silviano, és átsétált a túloldalra a lányokhoz.

Köszöntek egymásnak, és Silviano – valamit mesélve a lányoknak – elindult a Valerióékkal ellenkező irányba az utcán. Eközben még Silviano a jobb kezét a háta mögé tette, és a középső ujját mutatta a barátainak. Nem gonoszságból, csak incselkedés egy kicsit. Na, majd kíváncsi lesz az arcukra, ha újra találkoznak, de most van színesebb programja is.

– Ez nem igaz! – mondták egyszerre.

– Hisz' negyedóra sem telt el, és megdumált nem is egy, két csajt! – nevetett egy kis egészséges irigységgel Lorenzo.

Közben Valerio azon gondolkozott, hogy miért olyan nehéz neki felszednie Luciát. Hamar szokott összejönni a lányokkal Valerio, de Lucia más volt. Óvatos. Az, mert nem buta.Teljesen más lány, mint a többi. Pedig már hónapokkal ezelőtt elhozta Lucia macskáját, Tigert, hogy kedveskedjen neki; Lucia mindig panaszkodott, hogy mivel sokat van távol otthonról, nincs, aki a szegény jószággal foglalkozzon. Így Valerio nagylelkűen felajánlotta, hogy lehet nála, majd vigyáz ő rá és gondoskodik róla. De most már hozzá is mehetnek majd. Ha esténként összeülnek a kedvenc helyükön, utána felmehetnek hozzá végre.

Azt érezte, hogy Lucia vonzódik hozzá. Számára is vonzó volt a lány – főleg a családja helyzete.

Valeriónak tetszett volna egy könnyebb út, kevesebb munkával.

De ez a Silviano nem semmi! – mosolygott magában elismerően. Közben a csapat elindult a Pizzerie Suppellába, a kedvenc törzshelyükre. Nem is messze volt a parktól, olyan hat-hétszáz méterre.

Valerio várta az estét, mert szerdán abban maradtak Luciával, hogy ma este beugrik hozzájuk a kiskocsmába.

6. fejezet

Külön utakon 2.

Blanka útja

Ma is a megszokott nap volt az üzletben. A nap megszokott, mert mindig azt az egy arcát mutatta.

Nem úgy, mint Vittorio.

Már két hónap telt el, mióta itt volt velük Blanka. Azóta a lány utazott először Valerióhoz Nápolyba, majd aztán kétszer jött összesen Salernóba haza Valerio.

Minden úgy volt, mintha minden rendben lenne közöttük; Blanka nem mondhatta el az igazat, Valerio pedig már együtt élt a nápolyi albérletben Luciával. Persze ezt nem kötötte senkinek sem az orrára. Ezért nem engedte, hogy Blanka felmenjen hozzá az albérletbe, akár havonta egy-két napra, ám a bérleti díj felét így, hogy Blanka az apjánál dolgozott, mindig elkérte a lánytól.

Kellett a pénz nagyon a fiúnak: Lucia jó körülményekhez szokott. Az esti vacsorák és italok sok pénzbe kerültek.

A férfi így nehéz helyzetbe hozta Blankát, kényszerítve a maradásra továbbra is.

A változást megérezte a két fiatal között Vittorio is. Sejtette, hogy nincs minden rendben köztük, hiába is folyt a színjáték mindkétszer, mikor Valerio hazament.

Vittorio, ahogy telt az idő, egyre jobban belehabarodott Blankába. Teljesen a lány rabja lett, magával ragadta és megbabonázta őt. Egyre jobban kereste, leste a lány kívánságát; akarta, vágyta. Folyamatosan mindennap ostromolta az üzletben a lányt.

Blankának volt elég baja az életben, ez nem hiányzott neki. Fogalma sem volt sokszor, hogy mitévő legyen. Fiatal és tapasztalatlan volt. Legszívesebben elküldte volna a pokolba Vittoriót. Bár megtehette volna!

Bűbájos, sunyi cukrosbácsi.

Az üzletben a kedvesség és ájtatosság mintaképe egy buldózerrel ötvözve. Kegyetlen nyomást gyakorolt a lányra a boltban, bezzeg otthon a csendes családapa volt, a jó férj. Pár hete Blankát már otthon is mint a lányát emlegette. Az üzletben folyt a nyála, hogy a lányt megkaphassa, otthon a jó férj és oltalmazó apa szerepében tetszelgett.

Az egyetlen szerencse az volt, hogy még erőszakosan nem közeledett a lányhoz. Eddig.

Monica nem igazán tudott mit kezdeni a helyzettel. Nem is értette, hogy így, ha náluk van Blanka, hogyan talál munkát Nápolyban.

Meg amúgy is, Blanka egy fiatal, vonzó nő. Nem jó az, hogy itt él velük, és egész nap kettesben vannak a boltban, bár eddig nem vett észre semmi különösebbet, talán annyit, hogy kevesebbet veszekszik itthon Vittorio. *De* – gondolta – *talán nem akar Blanka előtt.* Azért mégis jobb lenne, ha vége lenne ennek az egésznek, Valerio pedig visszavinné Nápolyba a lányt. Amúgy nincs vele gond, nem igazán beszél itthon, nem az a társasági típus. Enni is alig eszik valamennyit, azért is úgy kell rászólni, hogy fogyasszon végre valamit.

Közben az üzletben Blanka és Vittorio a polcra pakolta az árut.

– Megyek a hétvégén, szombaton Rómába, tudod, mondtam már neked – mondta Vittorio pakolászás közben.

– Tudom, emlékszem – válaszolt Blanka.

– Monica nem jön, egyedül megyek. Arra gondoltam, hogy azt mondhatnád, hogy hazamégy Notóba, de eljönnél utánam. Egy kicsit beszélgetnénk, és innánk egy-két pohár bort. Nagyon vágyom minden veled töltött időre. Nem fogok közelíteni, de veled akarok lenni. Megőrjítesz, Blanka. Minden percem az életemből veled tölteném. Soha még ezt nem éreztem senki iránt – mondta el vágyát Vittorio.

Blanka pakolgatta a ruhákat a polcra, de közben forgott a gyomra. *Mosolyogni kell, ez tényleg egy barom* – gondolta magában Vittorióról. *Mit képzel ez a vén hülye?!* – háborgott magában. Ezt a szerencsétlen helyzetet! A fiának nem kellett a lány, de az apja majd' a sírba kerget.

Otthon a legjobb, náluk. Akkor olyan normális, hogy ilyenkor csak azért nem gyűlöli. Náluk otthon tényleg úgy bánik vele, mintha a lánya lenne. Vittorio sokszor mesélte, hogy mennyire vágyott egy lányra. Szinte megszállottan. Biztos meghasonlott. Csak nehéz vele ilyenkor napközben. *Róma. Ez tutti idióta!* – nevetett magában. Ha arra gondol, hogy majd randizik vele, hát nagyon téved.

– Ez nem jó ötlet – mondta Blanka. – Először is, nem megyek sem haza Notóba, sem vissza többé Szicíliába. A második: ha veled borozgatni fogok, Vittorio, akkor majd Monica társaságában.

Amiken Blanka már eddigi rövid életében keresztülment, eléggé megedzette. Már egyre jobban tudott az emberekkel – köztük Vittorióval is – bánni. Mindig errel a római útjára akarta kettesben magával csalni, már másfél hónapja nyaggatta.

Vittorio nem buta ember, sejti, hogy nincs minden közte és Valerio között rendben.

Lassan már egy éve volt telefonja a lánynak, így a világ is sokat tágult körülötte.

Sokat ismerkedett a neten, és ezt Vittorio is tudta. Néha nem lehetett eldönteni róla, hogy egy megértő apa, vagy egy elcseszett Don Quijote.

Érkezik érte pénteken egy fiú, római, itt buliznak egy hétig Amalfiban. Azt beszélték meg, hogy eljön Da Nadóig kocsival érte – Blankanem akarta, hogy bejöjjön Nápolyig, inkább egy kicsit kivonatozik, és jobb lesz idegen helyen találkozniuk.

Azt mondta, hogy régi barátnője Amalfiban nyaral és elmegy egy éjszakára, hogy találkozhassanak végre egy kicsit annyi idő után.

Vittorio tudta az igazat, mert valami igazán tiszta kötődés jött létre közöttük. Segített falazni a lánynak. Ezért fura és érthetetlen ő: egy igazi cinkos, mintha tényleg Blanka apja lenne.

A fiút, Stefanót egy közösségi oldalon ismerte meg, jóképű, sportos, biztos állása van Rómában. Már régóta chateltek egymással a neten, Amalfiban pedig péntek éjszaka jó buli lesz. Azután a többi rajtuk múlik.

– Tudod, Blanka, ha nem lennél az életemben, akkor üres és színtelen lenne – törte meg a csendet jó hosszú idő múlva Vittorio. – Rendben, ejtem a témát. Várod a holnap estét? – kérdezte Blankát, tudva a titkos randijáról.

– Aha, várom – válaszolta a lány a megszokott stílusában.

A szókincse sokszor kimerült a „persze" és az „aha" szó használatával, amúgy sem beszélt sokat, kivéve, hogy kéthetenként egyszer rájött valami roham, és olyankor egy óráig be sem állt a szája. Ilyenkor olyan boldog örömmel tudott beszélni, hogy magával ragadta az embert. De ha nem a beszédkészségével, akkor a szépségével. Olyan volt, mint egy kincsesdoboz, kívül a páratlan szépségével, az alabástrom bőrével és a formás alakjával, belül a sok láthatatlanul megbújó belső értékével.

– Érezd jól magad! És vigyázz magadra, rendben? Ha nem úgy alakulnak a dolgok éjszaka, hívj! Ha gond van, megyek érted! – mondta Blankát féltve Vittorio.

– Nem lesz semmi baj, nyugi! – válaszolt a lány.

– Jól van csak mondtam, hogy tudd. Kérsz valamit, hozzak enni? Egy kapucsínó? – kérdezte az „apafigura". (Időközben olyan lett a kettőjük kapcsolata, mintha mindig ismerték volna egymást és Blanka aggatta rá Vittorióra az „apafigura" jelzőt, mert valami olyasminek tartotta.)

Vittorio, bár lehet, hogy egy barom volt, de adott munkát, otthont lánynak, valamint aggódott érte és féltette. A fiuknak sem volt kulcsa a házukhoz, Blanka volt az egyetlen, akinek adtak: a lány becsületességében egyikük sem kételkedett. Sőt, az üzlethez is kulcsa volt.

Sokszor már Blanka zárta vagy nyitotta az üzletet, míg Vittorio áruért volt. A napjuk végére érve lekapcsolták a nappali fényeket és bezárták a boltot.

A citromfák virágainak kellemes illata betöltötte a nappali szobát.

Vittorio írt – Vittorio mindig írt valamit, mert állandó késztetése volt az írásra és az olvasásra.

Péntek kora este nyugalom volt a házban. Monica a kedvenc török sorozatát nézte bent a hálószobában a telefonján.

Sokszor kérdezte Vittorio, miért nem küldi a tévére és nézi úgy, de a válasz mindig ugyanaz volt:

– Nekem jó ez így.

Így egyedül olvasott-irkált Vittorio.

Arra figyelt fel, hogy nyílik a bejárati ajtó.

Nem nagy matek: csak Blanka lehet az, vagy egy kulcsos betörő. Blanka volt az. Meglepődve nézett rá Vittorio:

– Hát te? Stefano nem ment érted? – kérdezte halkan, nehogy Monica meghallja.

– De igen, csak nem vitt magával Amalfiba, meggondolta magát – mondta szomorúan Blanka.

– Történt valami köztetek? Mesélj! – kérte Vittorio, és kimentek a konyhába, hogy Monica ne hallja a beszélgetésüket.

– Mi történt? – kérdezte újra.

– Találkoztunk, nagyon sokat beszélgettünk, meg egy kicsit autókáztunk – mondta Blanka.

– Szex volt köztetek? – kíváncsiskodott Vittorio.

– Nem, csak csókolóztunk. – Blanka egy térdig érő, lenge egyrészes nyári ruhában ment el. Ez nem jelentett semmit, de sokat számít egy randin.

– És megölelt, megfogta a feneked, míg csókolt? – kérdezte Vittorio.

Blanka lesütötte a szemét, úgy mondta:

– Igen.

– Ezt nem értem. Találkoztok, autókáztok. Csókolóztok, közben a kezei a fenekeden, aztán csak úgy gondol egyet, itt abba hagyja és elköszön?

– Igen – válaszol a lány.

– Ilyen nincs! – mondta Vittorio elképedve. Amúgy még sokáig fog rágódni ezen a randin.

De ami igaz, az igaz: ilyet egy férfi nem csinál. Ha ennél a résznél egy pasi megáll, azzal nagy baj van. Ám ez még mindig nem a legfurább randija volt Blankának. Valahogy gyűjtötte az ilyen helyzeteket születésétől kezdve. A következő hónapokban még sok ilyen randija lesz, de Peti mindet le fogja körözni.

7. fejezet

Róma

Minden egyes eltelt nappal Blanka egyre többet gondolt Rómára és egyre kevesebbet Valerióra.

Valahol igaza volt a fuúnak: Róma mindenben más. Utánaolvasott, és valóban rengeteg állás betöltetlen ott, az albérletek árai sem olyan vészesek. Főleg, ha van egy albérlőtárs, vagy ha egy pár együtt veszi ki. Rómába megy mindenki. Nápolyban még Valerio társaságából ismerte meg Blanka Petit, aki jómódú, értelmes fiú volt.

Felvették a neten a kapcsolatot egymással pár hete, s állandóan chateltek.

Blanka szeretett volna elutazni Petihez Rómába; nagyon kíváncsi volt a fővárosra, s egyre kíváncsibb lett. Blanka az életében jelen lévő mellőzöttség és szeretetlenség miatt olyanná vált, mint az ecuadori vándorpálma: szaggatta a gyökereit és továbbállt.

Nem akart ilyen lenni, ilyenné tették. Egy bizalmatlan, gyökértelen emberré. Ha akkor az apja felvállalja őt és az édesnyját, egy szép és szerető családban is felnőhetett volna, egészséges érzelmi és lelki világgal, helyes önbecsüléssel és önértékeléssel.

Ha a nevelőapja a saját gyermekeként neveli fel őt is, és szeretetben élnek, akkor is minden más lett volna.

Vagy ha valóra válik az az álom, amit két hétig Notóban Valerióval együtt élt meg, utána az a hét hónap, ami alatt az egész közös életüket levelekben megélték.

Blanka mindig erkölcsös és tisztességes volt, lojális, állandóan tűrt. Hogy nem volt színes, felszínes, magamutogató fiatal lány? Hát bizony nem.

Ahogy az első nőt sem érdekelte a telefoncsörgés, mikor Silviano a túloldalról hívta, ugyanúgy Blankát sem érdekelte volna. A legtöbb nő biztonságra, figyelemre, megértésre és szeretetre vágyik, és utána egy kis izgalomra.

Persze hogy minden nő vágyik az izgalomra. Igen, a párjával, vele.

Vele akarja megélni, és nem mással.

Vannak nők, aki viszont izgalmasak akarnak lenni és az izgalmat keresik.

Ők legalább annyira jók és megnyugtatók egy párkapcsolatban, mint a patológiásan nárcisztikus férfiak.

Szóval Blanka szeretett volna Petivel találkozni Rómában, de most a járványügyi helyzet miatt vészhelyzetet hirdettek.

Tényleg nagy volt a baj: az új vírus sorra szedte az áldozatait Olaszországban. Az influenzánál sokkal veszélyesebb járvány, a Covid-19 miatt számtalan szigorú intézkedést kellett hozni.

Mindenhol kötelező lett a maszk viselése – közterületeken is –, a védőoltások többnyire kötelezőek, az otthonról végezhető munka és tanítás már elindult. Online lett az oktatás és a munkavégzés.

A szállodákban csak üzleti ügyben lehetett szállást foglalni, munkahelyi igazolással. Mint mindig, most is tudta Vittorio, mit szeretne Blanka. Azt is tudta, hogy milyen módon segíthet.

– Mikor szeretnél Rómába utazni? – kérdezte a lányt.

– Mindegy, most úgysem lehet – válaszolta szkeptikusan.

– Foglalj le egy szállodai szobát Rómában. Nézd meg a neten az árakat, válaszd ki, majd hívd fel a szállodát és foglald le a szobát – mondta nyugodtan Vittorio.

– De nem utazhatok a járvány miatt! Tudod te is, Vittorio.

– Ne picsogj már annyit! A szállodában mondd az üzletünk nevét, a papírt kiállítom hozzá – folytatta Vittorio.

– Nem tudom, ez sokba kerül, nekem meg erre nincs pénzem.

Ez így volt igaz; látta Vittorio az elmúlt hónapokban, hogy filléres kacatokat vett néha magának Blanka. Látta rajta, hogy vágyott volna sok mindenre, de nem volt rá pénze.

Azt is pontosan tudta Vittorio, hogy Blanka fizeti a nápolyi albérlet felét, és Valerio megtiltotta, hogy néha akár egy napra is felmenjen az albérletbe, egy kicsit csavarogni Nápolyban. Amikor Valerio leköltöztette Blankát hozzájuk pár hétre, Vittorio biztos volt benne, hogy szakítottak. Azt is tudta, hogy a fia nem csak az albérlet feléért jön le, hanem Blanka fizetésének egy részét is elveszi.

Valerio Monica első házasságából született, mostohafia volt Vittoriónak, de mindig sajátjaként szerette. Ennek ellenére pontosan ismerte őt.

Blanka sosem panaszkodott vagy árulkodott. Kérdésre sem. Némán, önmagában küzdött.

– Intézd már azt a szobafoglalást, kérlek! Csak ne drágát. Fizetem, menj, próbáld a boldogságod megtalálni. Na, kezdd már el keresni a neten! – szólt rá a lányra incselkedve.

Blanka keresett egy viszonylag kedvező árú szállodát, lefoglalta a szobát. Vittorio elkészítette az úthoz a munkáltatói papírokat.

Izgatottan készült a római randijára: csoda izgalom; Rómában a szicíliai lány egy szállodai szobában randizik egy fiatal férfival.

Vasárnap délután ért haza Rómából.

Letörten. Elmondta, hogy Peti lemondta a szombat esti randijukat fáradtságra hivatkozva.

Elmondása szerint a testvérének segített laminált padlót lerakni. Nem egy fizikailag fárasztó munka. Még egy programozó informatikusnak sem lehet az, Peti pedig az volt.

Egy nő, aki elutazik Rómába, kivesz egy szállodai szobát, hogy találkozhasson egy férfival, az felhívás keringőre.

Megijedhetett volna Peti?

Egy férfi ilyet nem tesz, tudva, hogy Blanka csak miatta vette ki a szobát és utazott Rómába.

Legalább elment volna találkozni vele, és egy italt megihattak volna a helyzet kedvéért.

Ez nem udvariatlanság, bunkóság volt Blankával szemben. Viszont a jó hír az volt, hogy másnap reggel Peti felment Blankához a szállodai szobájába. Nagyon kellemesen megreggeliztek, mint a kisnyugdíjasok. Beszélgettek egy órát talán, és ekkor Peti elköszönt, mert megbeszélésre kellett mennie. Egy fiatal olasz férfi, aki visszafogottabb, mint egy cölibátusban lévő pap. Érdekes.

Nem, nem a szexre vágyott Blanka, mégis kikövezett út vezetett volna az ágyig – egyetlen okból: érezni akarta, hogy tartozik valakihez. Talán akarja őt, igazán és úgy, amilyen. Érezni akarta annak a férfinak az ölelését, aki talán egy életen át a karjaiban tartja majd. Akinek annyira értékes, hogy el sem tudná képzelni, hogy nélküle van élet. Csak egyszerűen szeretne szeretve lenni, úgy, amilyen. Ha valaki végre vágyná, vágyná, hogy ölelhesse, akkor vágyja teljesen. Míg a férfi köszön és továbbáll, utána egy nőre mi vár? A megalkuvás, a szégyen, a megalázottság érzése és a kényszer. Sem fiatal nőként, sem gyerekes anyaként nincs alkupozícióban a nő. Szinte mindig neki kell alkalmazkodnia. Ha fiatal nőként nem is még, de feleségként és anyaként meg fogja tanulni. Nincs nagy mozgástér, a hátrány nagy. Egy kapcsolatban élő nőnek rengeteg vetélytársa van. A sok közös probléma felemészti a közös jókedvet és vágyat. Egy férfi körül lesz mindig olyan nő, aki felszabadult, friss, kipihent, csábító. Nem, egy kapcsolatban élő nő nem tudja mindennap ezt adni. De nem is kell. Sokkal, sokkal többet ad. A csábítónak mindig könnyű a dolga, hisz' vállát legtöbbször semmi sem nyomja. Másrészt a munkában is csak kockázat a női munkaerő. Ha fiatal, az a baj, mert biztosan majd szülni is akar. Ha gyereke van, akkor az: ha a gyermek megbetegszik, akkor hogyan fog dolgozni. Biztonság. A nők erre vágynak a legjobban. Talán épp azért, mert ezt igazán sosem élhetik meg.

A csodálatos esti fényeknél a kertben üldögélt Blanka, csak elgondolkozva, magában vágyakozva és szégyenkezve.

Valakivel chatel három hónapja, és egyre többet. Ő szintén Rómában lakik, egyedül. A kapcsolatuk lassan indult az üzenőfelületen, veszélyes irányba. A megértés és a bátorítás nagyon sokat jelentett Blankának attól a személytől. Mindig figyelt rá, mindig megértő volt vele, és végtelenül sok dicséretet kap és kapott tőle. Egy hónappal ezelőtt elkezdtek telefonon is beszélni egymással. Most már heti 3-4 alkalommal. A kölcsönös megértés és érzelmek azonosan hatottak mindkettőjükre. Azt kezdték érezni mindketten, hogy vágynak a másikra.

Veszélyes és ismeretlen terepre tévedtek, de nem akartak már többé csalódni. Az életükben a megalázottság, a mellőzöttség és elutasítás a vitorláikba szelet terelt, és egymás irányába kezdtek el hajózni. Ha Rómába utazott Blanka, akkor miért Petivel találkozott, nem pedig *vele*?

Ő nagyon vágyott már arra, hogy végre találkozhasson Blankával, bármikor és örökre. De Blanka nem merte ezt megtenni. Azon egyszerű okból kifolyólag, hogy félt. Nagyon félt. Mert amire vágyott, azt mindennél jobban félt vágyni! Miközben érzelmi és erkölcsi tornádó tombolt benne, megjelent Vittorio a kertben. Kezében egy-egy pohár bor volt. Odasétált a hintaágyhoz és leült Blanka mellé, odanyújtva az egyik pohár vörösbort.

– Neked hoztam.

– Köszönöm! – mondta Blanka.

– Hogy érzed magad? – kérdezte Vittorio.

– Éreztem már jobban is.

– Érthetetlen Peti viselkedése – kommentálta Vittorio a római randit.

Blanka dühös lett, de nem mutatta.

Tényleg van ennél fontosabb problémám is! Az a legnagyobb baja, hogy Peti nem fektetett le? – kérdezte magában Blanka.

– Nem dőlt ettől össze a világ – válaszolja helyette ezt inkább.

Nem igazán hiányzott most Vittorio társasága. Blanka élete legnehezebb lépése és döntése előtt állt. Volt mit mérlegelnie.

Monica sajnos mindig korán lefeküdt aludni. Kilenckor már aludt, Vittorio viszont mindig éjfélig tévézett a nappaliban.

Kár, hogy nem fordítva csinálják – gondolta magában a lány.

– Érthetetlen, hogy elutazik egy elképesztően vonzó nő hozzá Rómába, és hozzá sem akar érni. Ezt el sem hiszem! – Vittorio már ezt mérgesen mondja.

– Miért kellett volna? Találkozni és beszélgetni akartunk csak! – válaszolt vissza már picit mérgesen Blanka. Érthetetlen volt számára az, hogy miért kell ezt a témát pörgetni, és mi a francért nem hagyja magára a férfi. Amúgy is örökké a nyakában liheg a boltban. Kicsit békén hagyhatná már.

– Mindegy, hagyom a témát. Csak nem értem – mondta Vittorio.

Nem is kell! – gondolta magában Blanka.

– Hozok még egy pohár bort – szólt a „mintaapa".

Tényleg, Blankának Vittorio olyan volt, mint egy apa: gondoskodott róla, szerette, féltette és segítette. Segítette a titkos randijait szervezni. Tényleg mindent megbeszéltek, és meg is szoktak. Blanka úgy beszélt Vittorióval, mint lány az apjával, és fordítva is így volt. Vittorio volt a harmadik apa, ám számára a lány valóban fontossá vált.

Ez már igazi család volt.

– Én nem kérek! – kiáltott fel Blanka. – Amúgy is megyek inkább aludni! – próbálta kimenteni magát.

– Csak egy pohárral még, aztán mehetsz aludni – mondta Vittorio.

Egy gyors mozdulattal kivette a poharat Blanka kezéből, és már ment is be újratölteni.

Még csak fél tizenegy volt.

Az éji ég alatt még szűk félórát beszélgettek, megitták a pohár bort és elköszöntek egymástól.

Éjjel fél egykor egy éles sikoly törte meg az éjszakai csendet.

Az utolsó csepp

Amikor Vittorio és Blanka elköszönt egymástól, mindketten a szobájukba mentek aludni.

Csend volt a házban.

Blankát hamar elnyomta a bor.

Fáradt volt már amúgy is, hisz' az oda-vissza utazás Rómába fárasztó volt, plusz az izgalom a randi miatt...

Vittorio viszont nem bírt aludni.

Túlságosan felajzotta az este Blankával.

Az elmúlt hét hónapban, mióta velük lakott, kicsit olyan lett Blanka a számára, mint a lánya: szerette és féltette. De először nem tudta, miért: mert vonzódott a lányhoz.

Ahogy teltek a hetek, egyre jobban, egyre őrültebben. Teljesen megbabonázta, mindig a társaságát kereste. Mindig vágyta a látványát, nem tudott betelni Blanka szépségével, bármennyit is szívott magába mindennap belőle.

Vágyta, kívánta, akarta. Meg akarta adni azt a lánynak, amit egy fiú sem tudott megadni: a csodát, a boldogságot.

De Vittorio is akart. Blankát.

A saját vágya sokkal erősebbé vált, mint az ellenállása a helyzettel szemben, és aznap este túl sok bort ivott.

Amikor vitte ki a pohár borokat, akkor bent is megivott még eggyel mindkét alkalommal.

Vittorio nem szokott inni, így most baj történt.

Az elmúlt hónapok őrült vágyakozása minden nappal csak még magasabbra nőtt Blanka iránt, de a kontroll, a fal, ami akadályként eddig szilárdan állt kettőjük közt, most eltűnt.

Ketten majdnem másfél üveg bort ittak meg – ebből egyet Vittorio.

Vittorio teljesen elvesztett minden kontrollt – józanul már a fantáziájában sem tartott kontrollt régóta. Az első hetekben az érzései és a vágyai miatt végtelen ellenszenv és szégyenérzet alakult ki magával szemben, de ezek hetek múltával elkoptak, szertefoszlottak.

A vágyai és az elfogyasztott bor a kontroll nélküli fúziót hozta létre a vágyai beteljesülésének az eléréséhez. A sikoly metszőbb és élesebb volt, mint egy szikláról zuhanó ember kiáltása a szörnyhalál előtt.

Ekkor tért magához Vittorio, mit tesz, s a legnagyobb valaha megélt vágya ezredmásodperc alatt váltott a legnagyobb valaha megélt félelmévé.

Ebben a pillanatban Monica tépte fel Blanka szobájának az ajtaját.

Sokkot kapott a látványtól.

A férje Blanka mellett feküdt az ágyban, az egyik vaskos keze a lány combjai között, a másik a száján, és Blanka fejét erős karjával a párnába mélyen beleszorította.

Monicával óriási sebességgel megfordult a világ.

– Takarodj! Takarodj! Takarodj innen, és soha ne lássalak az életemben! Undorító féreg! Mit tettél?

Abban a pillanatban Vittorio rájött, hogy egy szörnyeteggé vált: mindent elvett volna a lánytól, ha Monica nem ugrik fel azonnal a sikolyra.

A testét akarta, de az életét is elvette volna, ha ezen múlik, hogy a tettének ne legyen következménye.

Azonnal felugrott Blanka mellől és már futott az udvarra, ahol a tettétől és a bortól hányt, abba sem hagyva pár percig, majd tettének következménye miatt beült a furgonjába és elhajtott valahová. Hogy hová ment, annak nincs jelentősége, sem értéke.

Haza már többé biztosan soha nem mehetett.

– Jól vagy? – kérdezte Monica Blankát, lerogyva mellé az ágyba.

– Jól vagy? Mi történt? – kérdezte újra, de benne minden összeomlott.

Vittorio már nemhogy soha nem érhetne hozzá, de az életében látni sem szeretné többet, ha lehet.

Blanka csak rázkódott a sírástól, beszélni nem tudott, de már Monica is zokogott vele.

Blanka elvesztett egy kedves lehetőséget arra, hogy megtudja, milyen egy szerető családban élni, Monica pedig az egész életét: minden, ami értékes volt számára, most darabokra tört.

Lassan, hosszú percek után, még mindig remegve megszólalt végre a lány:

– Aludtam, amikor arra ébredtem, hogy... de inkább gondolni sem akarok erre! Csak sikítani tudtam, sokkot kaptam, mit csinál itt velem, és azonnal a számra tenyerelt – bukott ki belőle egyhuzamban hadarva, és bőgött tovább, reszketve a félelemtől.

Mindkettőjüknek forgott és remegett a gyomra az átélt helyzettől, és az egyetlen érzés, ami uralkodott bennük, az undor.

Nem, még most sem hitték el a történteket. Monica számára az erőszak kétségtelen volt: az a sikoly a legrémültebb, a legkétségbeesettebb ember segélykiáltása volt. Akkor, mikor álmából ébresztette, a gerincéig hatolt.

Majd amikor szinte feltépte az ajtót, amit látott, arra rémálmában sem gondolt volna.

Mi van, ha...? Jobb nem is gondolni rá.

Vittorio vaskos tenyere majd' az ágyon keresztül nyomta le Blanka fejét, ami szinte eltűnt a párnában. A másik keze még mindig a lány combjai közt volt.

Te rohadt, beteg állat! – üvöltötte magában Monica.

Viszont ezt még Blanka sem gondolta volna soha Vittorióról.

Azt tudta, hogy szereti, de azt, hogy ezt hozza ki belőle, nem, hisz' mindig kedves és segítőkész volt. Blanka egyszer sem tett soha utalást, jelzést Vittorio felé. Nem is tehetett volna, mert soha eszébe sem jutott volna, hogy Vittorio *férfi*.

Neki Vittorio barát, és amolyan „apafigura" volt. Mindig egy kedves és megértő apára vágyott. Azt hitte, ez az egész az életében végre valami olyasmi. Kezdte megtalálni a családban az érzelmi biztonságot és stabilitást. Kezdett bízni, hinni, és végre kezdte egy kicsit értékesnek és fontosnak érezni magát.

Most pedig nem tudta, hogy valaha akar-e családban élni – és mer-e... Nem valószínű.

Monica az egész élete múltját és jövőjét elvesztette, Blanka pedig önmagát. Eddig csak mások mondtak le róla, most már ő sem hitt magában. *Erőtlen.*

Az éjszaka tragédiája megmutatta az új életét: már nem fog többet hinni. Sokaknak nem fog hinni.

– Monica, azt hiszem, hogy én ma elutazom. Nem tudok itt maradni, és nem is akarok – mondta Blanka.

– Maradhatsz, ide biztosan nem fog visszajönni. De ha menni akarsz, azt is megértem – felelte Monica.

– Köszönök mindent neked. Tényleg, de nem tudnék itt maradni.

– Megyek, bezárom az ajtót, de tudja, hogy többé ide a lábát sem teheti be. Nem kell aggódnod! Gyáva, hitvány alak! Ehhez bezzeg volt bátorsága! – szólt Monicából a keserűség szava.

– Most mit csinálsz? Megpróbálsz aludni, vagy fennmaradsz? Én nem fogok már tudni aludni, az biztos. – mondta az asszony.

– Azt hiszem, hogy elkezdem becsomagolni a ruháimat, azután valamikor reggel kimegyek a pályaudvarra és elutazom – mondta összetörten Blanka.

– De hová mégy? Biztosan nem haza. Valerióhoz? – kérdezte Monica.

– Nem, nem. Egy ismerősömhöz, Rómába. Van nála hely, befogad. Már sokszor felajánlotta – mondta Blanka, majd folytatta: – Pedig úgy szerettem veletek élni! – és ekkor már megint rázta a zokogás.

– Tudom, tudom. Én is nagyon megszerettelek téged – mondta már Monica is sírva, és magához ölelte a lányt.

Mikor kisírták magukból a sokkot, amit Vittorio okozott, Monica magára hagyta Blankát.

A lány elővette a telefonját, nézte egy darabig, majd írni kezdett:

„Szia! Ha ma reggel elindulok és elutazom Rómába, hozzád költözhetek?"

Remegtek az ujjai: ez az üzenet a „hozzád költözés" fogalmánál többet jelentett, és ezt mindketten tudták. Érzelmi biztonság. Megbecsülés. Mind erre vágynánk. Egészséges önbecsüléssel és értékrenddel. Ezeket gyerekkorunktól kezdve a családunknak kellene nyújtania, biztosítania, majd később a párkapcsolatunkban a párunknak.

Ezek hiányában csak ködben botorkáló útkeresők vagyunk, és ha egy tiszta utat találunk a homályban, akkor arra megyünk mert látjuk, mi vár ránk.

Ha az életünkben mindig magunkra hagynak a ködben, mindig elengedik ott a kezünket, akkor nemhogy nem szeretjük a ködöt, de félni is fogunk tőle. Lehet, hogy nem arra az útra fogunk lépni az életünkben, amit elvárnak tőlünk. Azt az utat, ha az állandó köd miatt bizonytalanságot, félelmet és veszélyt jelent számunkra, már nem akarjuk járni.

Már nem akarunk sérülni többé.

Az elvárt utakon nincs már meg sokszor a kölcsönös megbecsülés, figyelem, a szeretet, egymás kölcsönös erősítése két ember között. Míg a sérült emberek egymást erősítik, segítik, addig az erősek csak egymással versengve magukat tépik.

Csippant Blanka telefonja: már vissza is írt az ismerőse.

Ezzel az új útjával új életet kezd Blanka, és az egész eddigit törli vele.

Szeretlek ♥ Várlak!

Az üzenet feladója:
Claudia...

HERZ FÜR AUTOREN A HEART FOR AUTHORS À L'ÉCOUTE DES AUTEURS MIA ΚΑΡΔΙΑ ΓΙΑ ΣΥΓΓΡΑ
HJÄRTA FÖR FÖRFATTARE UN CORAZÓN POR LOS AUTORES YAZARLARIMIZA GÖNÜL VERELIM SZÍV
UORE PER AUTORI ET HJERTE FOR FORFATTERE EEN HART VOOR SCHRIJVERS TEMOS OS AUTOR
ERZÖINKÉRT SERCE DLA AUTORÓW EIN HERZ FÜR AUTOREN A HEART FOR AUTHORS À L'ÉCOUT
RAÇÃO ВСЕЙ ДУШОЙ К АВТОРАМ ETT HJÄRTA FÖR FÖRFATTARE Á LA ESCUCHA DE LOS AUTOR
AUTEURS MIA ΚΑΡΔΙΑ ΓΙΑ ΣΥΓΓΡΑΦΕΙΣ UN CUORE PER AUTORI ET HJERTE FOR FORFATTERE EEN H
YAZARLARIMIZA GÖNÜL VERELIM SZÍVET SZERZŐINKÉRT SERCE DLA AUTORÓW EIN HERZ FÜR
OOR SCHRIJVERS TEMOS O CORAÇÃO ВСЕЙ ДУШОЙ К АВТОРАМ ETT HJÄRTA FÖR

A szerző

Stephen Harway Szentesen született 1969. 04.
24-én. Szakmunkás végzettséggel 1992-től saját
vállalkozásaiban tevékenykedik. Nős, négy gyermek
apja. Keresi az élményeket, kalandot, szeret utazni.
Magát szenvedélyesnek tartja. Közel harminc éve
ír, 557 vers született tollából. Ezek közül néhány
nyomtatásban is megjelent.

FOR FORFATTERE EEN HART VOOR SCHRIJVERS TEMO
RÖW EIN HERZ FÜR AUTOREN A HEART FOR AUTHORS
AM ETT HJÄRTA FÖR FÖRFATTARE Á LA ESCUCHA DE LOS AUTORES YAZARLARIMIZA
EIΣ UN CUORE PER AUTORI ET HJERTE FOR ORFATTERE EEN HART VOOR SCHRIJVERS
ÜNKET SZERZŐINKÉRT SERCE DLA AUTORÓW EIN HERZ FÜR AUTOREN A HEART FOR AUT
RES NO CORAÇÃO ВСЕЙ ДУШОЙ К АВТОРАМ ETT HJÄRTA FÖR FÖRFATTARE UN CORAZON
OUTE DES AUTEURS MIA ΚΑΡΔΙΑ UN CUORE PER AUTORI ET HJERTE FOR FOR
ORES YAZARLARIMIZA KET SZERZŐINKÉRT SERCE DLA AUTORÓW

novum 🖉 KIADÓ A SZERZŐKÉRT

A kiadó

Aki feladja,
hogy jobbá váljon,
feladta,
hogy jobb legyen!

E mottó alapján a novum publishing kiadó célja az
új kéziratok felkutatása, megjelentetése, és szerzőik
hosszútávú segítése. Az 1997-ben alapított, többszörösen
kitüntetett kiadó az egyik legjelentősebb, újdonsült
szerzőkre specializálódott kiadónak számít többek között
Ausztriában, Németországban és Svájcban.

**Valamennyi új kézirat rövid időn belül egy
ingyenes, kötelezettségek nélküli kiadói
véleményezésen esik át.**

További információkat a kiadóról és a könyvekről az
alábbi oldalon talál:

www.novumpublishing.hu

novum 📖 KIADÓ A SZERZŐKÉRT

Értékelje
ezt a könyvet
honlapunkon!

www.novumpublishing.hu